山田社

STS

山田社

山田社

STS

山田社

考試分數大躍進
累積實力
百萬考生見證
應考秘訣

3

根據日本國際交流基金考試相關概要

絶對合格 日檢必考單字

情境分類&一字一圖

N3

新制對應！

吉松由美、田中陽子
西村惠子、千田晴夫
林勝田、
山田社日檢題庫小組
◎合著

前言

每一個單字都有一張插圖
日檢考高分的頂尖高手，都在偷學的單字記憶法，
——情境記憶法。
大量串聯單字，一秒喚醒，運用自如。
加上生動插圖，最速圖像記憶，輕鬆烙印腦海。

日語自學，就靠這一本！
「情境分類」大全，單字完全收錄！

學習日語除了文法，最重要的就是增加單字量。
如果文法是骨架，單字就是肌肉。但是，

◎ 背得好好的單字，一上考場大腦就當機！
◎ 背了單字，但一碰到日本人腦筋只剩一片空白鬧詞窮。
◎ 單字只能硬背好無聊，每次一開始衝勁十足，後面卻完全無力。
◎ 我很貪心，我想要有主題分類，又有 50 音順好查的單字書。

這些都是讀者的真實心聲！您的心聲我們聽到了。

為此，本書提供以下特色和優點：

☑ 增加單字量：
學習日語時，除了文法外，單字量是關鍵。本書將幫助您擴展單字量，提升日語實力。

☑ 真實心聲：
本書聽取了讀者的心聲，解決了單字學習過程中常遇到的困難和挑戰。

☑ 活用交流：
針對新制日檢重視的交流活用，本書幫助您運用 N3 單字創造生活情境，提升聽說讀寫綜合能力。

☑ 情境學習：
利用想像力，把單字應用在日常生活情境中，刺激記憶，快速提升單字能力。

☑ 實用例句：
金牌教師編著的例句，讓您輕鬆記憶單字，提升學習興趣和成效。

☑ 快速取證：
本書的聰明學習法將助您迅速取得日檢證照，提升職場競爭力。

☑ 應考實力：
無論是累積應考實力還是考前總複習，本書都將使您在考場上發揮出色。

☑ 最佳利器：
精心編制的內容，將單字學習變成您得高分的最佳利器。

主題王
情境帶領加強實戰應用力。

本書採用日檢考高分的頂尖高手，都在偷學的「情境式學習法」，由淺入深將單字分類成：時間、住房、衣服……動植物、氣象、機關單位……通訊、體育運動、藝術……經濟、政治、法律……心理、感情、思考等不同情境。再搭配金牌教師編寫的實用短例句，讓您在腦內產生對單字的印象，應考時就能在瞬間理解單字。
從「單字→單字成句→情境串連」式學習，幫助您快速將單字一串記下來，您能更快地把所學到的單字與現實場景聯繫在一起，方便運用在日常生活中，包您一目十行，絕對合格！

單字速攻王
高出題率單字 ×易懂說明，準確掌握。

根據新制規格，由日籍金牌教師群所精選高出題率單字，每個單字都會告訴您所包含的詞性、意義、用法等等。中譯解釋的部份，去除冷門字義，並依照常用的解釋依序編寫而成，這樣一來，在短時間內，您就能精準理解單字在不同語境下的字義和用法。

例句王
活用單字的勝者學習法。

要活用就需要「聽說讀寫」4種總和能力，怎麼活用呢？書中每個單字下面帶出一個例句，例句不僅配合情境，更精選該單字常接續的詞彙、常使用的場合、常見的表現，配合日檢各級所需時事、職場、生活、旅遊等內容，貼近日檢各級程度。從例句來記單字，加深了對單字的理解，對根據上下文選擇適切語彙的題型，更是大有幫助，同時也紮實了聽說讀寫的超強實力。

圖像王
每個單字，都有一張插圖，生動具體，趣味十足。

每個單字都配有生動有趣的插圖，讓您在學習過程中激發右腦的圖像記憶功能。透過圖像學習，您可以更容易地將抽象的辭意轉化為具體的圖像，一秒理解，深深烙印腦海、過目不忘，提高記憶效果。

聽力王
高分合格最佳利器。

新制日檢考試，把聽力的分數提高了，合格最短距離就是加強聽力學習。本書提供了線上音檔，讓您隨時隨地練習聽力。您可以通過音檔學習日籍教師的標準發音和語調，累積聽力實力，以迎接日檢考試中聽力部分的挑戰。

查閱王
背單字好幫手。

書中前部分按情境主題分類，後部分按50音順序排列單字，方便您隨時查閱和背誦。這樣的編排方式使本書成為您背單字時的得力助手。

在精進日文的道路上，只要有效的改變，日文就可以大大的進步，只要持續努力，就能改變結果！本書廣泛地適用於一般的日語初學者，大學生，碩士博士生、參加日本語能力考試的考生，以及赴日旅遊、生活、研究、進修人員，也可以作為日語翻譯、日語教師的參考書。搭配本書附贈的朗讀線上音檔，充分運用通勤、喝咖啡等零碎時間學習，讓您走到哪，學到哪！絕對提供您最完善、最全方位的日語學習！

目錄

01 時間 005
1-1時候、時間、時刻 006
1-2季節、年、月、週、日 009
1-3過去、現在、未來 013
1-4期間、期限 015

02 住房 017
2-1住家、居住 018
2-2住家的外側 019
2-3房間、設備 020

03 用餐 023
3-1用餐、味道 024
3-2食物 025
3-3調理、菜餚、烹調 030

04 衣服 033
4-1衣服、西服、和服 034
4-2穿戴、服飾用品 036

05 人體 039
5-1胴體、身體 040
5-2臉 042
5-3手腳(1) 044
5-3手腳 (2) 047

06 生理（現象） 051
6-1誕生、生命 052
6-2老年、死亡 053
6-3發育、健康 054
6-4身體狀況、體質 055
6-5疾病、治療 058
6-6身體器官功能 060

07 人物 061
7-1人物、男女老少 062
7-2各種人物的稱呼 063
7-3姿容 067
7-4態度、性格 069
7-5人際關係 073

08 親屬 077

09 動物 081

10 植物 083

11 物質 085
11-1物、物質 086
11-2能源、燃料 087
11-3原料、材料 087

12 天體、氣象 091
12-1天體、氣象、氣候 092
12-2各種自然現象 094

13 地理、地方 097
13-1地理 098
13-2地方、空間 099
13-3地域、範圍 100
13-4方向、位置 104

14 設施、機關單位 109
14-1設施、機關單位 110
14-2各種設施 111
14-3商店 112
14-4團體、公司行號 113

15 交通 115
15-1交通、運輸 116
15-2鐵路、船隻、飛機 119
15-3汽車、道路 122

16 通訊、報導 125
16-1通訊、電話、郵件 126
16-2傳達、告知、信息 128
16-3報導、廣播 129

17 體育運動 131
17-1體育運動 132
17-2比賽 133
17-3球類、田徑賽 134

18 愛好、嗜好、娛樂 137

19 藝術 141
19-1藝術、繪畫、雕刻 142
19-2音樂 143
19-3戲劇、舞蹈、電影 144

20 數量、圖形、色彩 147
20-1數目 148
20-2計算 149
20-3量、容量、長度、面積、重量等 (1) 152
20-3量、容量、長度、面積、重量等 (2) 156
20-4次數、順序 159
20-5圖形、花紋、色彩 161

21 教育 165
21-1教育、學習 166
21-2學校 168
21-3學生生活 170

22 儀式活動、一輩子會遇到的事情 173

23 工具 175
23-1工具 (1) 176
23-1工具 (2) 178
23-2傢俱、工作器具、文具 181
23-3容器類 185
23-4燈光照明、光學儀器、音響、信息器具 186

24 職業、工作 191
24-1工作、職場 192
24-2職業、事業(1) 196
24-2職業、事業 (2) 200
24-3家務 203

25 生產、產業 205

26 經濟 209
26-1交易 210
26-2價格、收支、借貸 211
26-3消費、費用(1) 213
26-3消費、費用 (2) 216
26-4財產、金錢 219

27 政治 221
27-1政治、行政、國際 222
27-2軍事 224

28 法律、規則、犯罪 225

29 心理、感情 229
29-1心、內心(1) 230
29-1心、內心 (2) 232
29-2意志 235
29-3喜歡、討厭 238
29-4高興、笑 240
29-5悲傷、痛苦 241
29-6驚懼、害怕、憤怒 242
29-7感謝、悔恨 243

30 思考、語言 245
30-1思考 246
30-2判斷 249
30-3理解 252
30-4知識 256
30-5語言 259
30-6表達 (1) 261
30-6表達 (2) 265
30-7文章文書、出版物 269

パート
1

時間

- 時間 -

1-1 時、時間、時刻／時候、時間、時刻

N3 1-1

01 | あける【明ける】

自下一 （天）明，亮；過年；（期間）結束，期滿

例 夜（よ）が明（あ）ける。

譯 天亮。

02 | あっというま（に）【あっという間（に）】

感 一眨眼的功夫

例 休日（きゅうじつ）はあっという間（ま）に終（お）わった。

譯 假日一眨眼就結束了。

03 | いそぎ【急ぎ】

名·副 急忙，匆忙，緊急

例 急（いそ）ぎの旅（たび）になる。

譯 成為一趟匆忙的旅程。

04 | うつる【移る】

自五 移動；推移；沾到

例 時（とき）が移（うつ）る。

譯 時間推移；時代變遷。

05 | おくれ【遅れ】

名 落後，晚；畏縮，怯懦

例 郵便（ゆうびん）に２日（ふつか）の遅（おく）れが出（で）ている。

譯 郵件延遲兩天送達。

06 | ぎりぎり

名·副·他サ （容量等）最大限度，極限；（摩擦的）嘎吱聲

例 期限（きげん）ぎりぎりまで待（ま）つ。

譯 等到最後的期限。

07 | こうはん【後半】

名 後半，後一半

例 後半（こうはん）はミスが多（おお）くて負（ま）けた。

譯 後半因失誤過多而輸掉了。

08 | しばらく

副 好久；暫時

例 しばらく会社(かいしゃ)を休(やす)む。

譯 暫時向公司請假。

09 | しょうご【正午】

名 正午

例 正午(しょうご)になった。

譯 到了中午。

10 | しんや【深夜】

名 深夜

例 試合(しあい)が深夜(しんや)まで続(つづ)く。

譯 比賽打到深夜。

11 | ずっと

副 更；一直

例 ずっと待(ま)っている。

譯 一直等待著。

12 | せいき【世紀】

名 世紀，百代；時代，年代；百年一現，絕世

例 世紀(せいき)の大発見(だいはっけん)になる。

譯 成為世紀的大發現。

13 | ぜんはん【前半】

名 前半，前半部

例 前半(ぜんはん)の戦(たたか)いが終(お)わった。

譯 上半場比賽結束。

14 | そうちょう【早朝】

名 早晨，清晨

例 早朝(そうちょう)に勉強(べんきょう)する。

譯 在早晨讀書。

15 | たつ【経つ】

自五 經，過；（炭火等）燒盡

例 時間(じかん)が経(た)つのが早(はや)い。

譯 時間過得真快。

16 | ちこく【遅刻】

(名·自サ) 遅到，晚到

例 待(ま)ち合(あ)わせに遅刻(ちこく)する。

譯 約會遲到。

17 | てつや【徹夜】

(名·自サ) 通宵，熬夜

例 徹夜(てつや)で仕事(しごと)する。

譯 徹夜工作。

18 | どうじに【同時に】

(副) 同時，一次；馬上，立刻

例 発売(はつばい)と同時(どうじ)に大(だい)ヒットした。

譯 一出售立即暢銷熱賣。

19 | とつぜん【突然】

(副) 突然

例 突然怒(とつぜんおこ)り出(だ)す。

譯 突然生氣。

20 | はじまり【始まり】

(名) 開始，開端；起源

例 近代医学(きんだいいがく)の始(はじ)まりである。

譯 為近代醫學的起源。

21 | はじめ【始め】

(名·接尾) 開始，開頭；起因，起源；以…為首

例 始(はじ)めから終(お)わりまで全部読(ぜんぶよ)む。

譯 從頭到尾全部閱讀。

22 | ふける【更ける】

(自下一) (秋)深；(夜)闌

例 夜(よ)が更(ふ)ける。

譯 三更半夜。

23 | ぶり【振り】

(造語) 相隔

例 5年振(ねんぶ)りに会(あ)った。

譯 相隔5年之後又見面。

24 | へる【経る】

(自下一)(時間、空間、事物)經過，通過

例 3年を経た。

譯 經過了3年。

25 | まい【毎】

(接頭)每

例 毎朝、牛乳を飲む。

譯 每天早上，喝牛奶。

26 | まえもって【前もって】

(副)預先，事先

例 前もって知らせる。

譯 事先知會。

27 | まよなか【真夜中】

(名)三更半夜，深夜

例 真夜中に目が覚めた。

譯 深夜醒來。

28 | やかん【夜間】

(名)夜間，夜晚

例 夜間の勤務はきついなぁ。

譯 夜勤太累啦！

1-2 季節、年、月、週、日／季節、年、月、週、日

N3 ◉ 1-2

01 | いっさくじつ【一昨日】

(名)前一天，前天

例 一昨日アメリカから帰ってきた。

譯 前天從美國回來了。

02 | いっさくねん【一昨年】

(造語)前年

例 一昨年は雪が多かった。

譯 前年下了很多雪。

03｜か
【日】

漢造 表示日期或天數

じ こ　　　　がつ はつ か　　お
例 事故は３月 20 日に起こった。

譯 事故發在３月20日。

04｜きゅうじつ
【休日】

名 假日，休息日

きゅうじつ　つづ
例 休日が続く。

譯 連續休假。

05｜げじゅん
【下旬】

名 下旬

がつ　　げ じゅん
例 ５月の下旬になる。

譯 在５月下旬。

06｜げつまつ
【月末】

名 月末，月底

りょうきん　げつまつ　はら
例 料金は月末に払う。

譯 費用於月底支付。

07｜さく
【昨】

漢造 昨天；前一年，前一季；以前，過去

さくばん に ほん　　かえ
例 昨晩日本から帰ってきた。

譯 昨晚從日本回來了。

08｜さくじつ
【昨日】

名 (「きのう」的鄭重說法)昨日，昨天

さくじつはは　　て がみ　とど
例 昨日母から手紙が届いた。

譯 昨天收到了母親寫來的信。

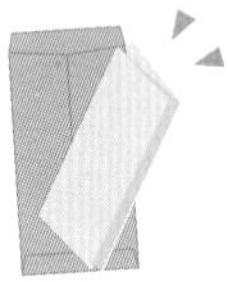

09｜さくねん
【昨年】

名·副 去年

さくねん　くら
例 昨年と比べる。

譯 跟去年相比。

10｜じつ
【日】

漢造 太陽；日，一天，白天；每天

よくじつ　　とど
例 翌日にお届けします。

譯 隔日幫您送達。

11 | **しゅう**
【週】

(名·漢造) 星期；一圈

例 週(しゅう)に一回運動(いっかいうんどう)する。

譯 每週運動一次。

12 | **しゅうまつ**
【週末】

(名) 週末

例 週末(しゅうまつ)に運動(うんどう)する。

譯 每逢週末就會去運動。

13 | **じょうじゅん**
【上旬】

(名) 上旬

例 来月上旬(らいげつじょうじゅん)に旅行(りょこう)する。

譯 下個月的上旬要去旅行。

14 | **せんじつ**
【先日】

(名) 前天；前些日子

例 先日(せんじつ)、田中(たなか)さんに会(あ)った。

譯 前些日子，遇到了田中小姐。

15 | **ぜんじつ**
【前日】

(名) 前一天

例 入学式(にゅうがくしき)の前日(ぜんじつ)は緊張(きんちょう)した。

譯 參加入學典禮的前一天非常緊張。

16 | **ちゅうじゅん**
【中旬】

(名)（一個月中的）中旬

例 6月(がつ)の中旬(ちゅうじゅん)に戻(もど)る。

譯 在6月中旬回來。

17 | **ねんし**
【年始】

(名) 年初；賀年，拜年

例 年始(ねんし)のご挨拶(あいさつ)に伺(うかが)う。

譯 歲暮年初時節前往拜訪。

18 | **ねんまつねんし**
【年末年始】

(名) 年底與新年

例 年末年始(ねんまつねんし)はハワイに行(い)く。

譯 去夏威夷跨年。

19 | **へいじつ**
【平日】

㊔（星期日、節假日以外）平日；平常，平素

へいじつ　うんこう
例 平日ダイヤで運行する。

譯 以平日的火車時刻表行駛。

20 | **ほんじつ**
【本日】

㊔ 本日，今日

ほんじつ　すす
例 本日のお薦めメニューはこちらです。

譯 這是今日的推薦菜單。

21 | **ほんねん**
【本年】

㊔ 本年，今年

ほんねん
例 本年もよろしく。

譯 今年還望您繼續關照。

22 | **みょう**
【明】

（接頭）（相對於「今」而言的）明

みょうにち　よてい
例 明日のご予定は。

譯 你明天的行程是？

23 | **みょうごにち**
【明後日】

㊔ 後天

みょうごにち　えんき
例 明後日に延期する。

譯 延到後天。

24 | **ようび**
【曜日】

㊔ 星期

ようび　いろ　か
例 曜日によって色を変える。

譯 根據禮拜幾的不同而改變顏色。

25 | **よく**
【翌】

（漢造）次，翌，第二

よくじつ　きゅうじつ
例 翌日は休日だ。

譯 隔天是假日。

26 | **よくじつ**
【翌日】

㊔ 隔天，第二天

よくじつ　じゅんび
例 翌日の準備ができている。

譯 隔天的準備已完成。

1-3 過去、現在、未来／過去、現在、未來

N3 ◎ 1-3

01 | いご【以後】

名 今後，以後，將來；(接尾語用法)(在某時期)以後

例 以後気をつけます。

譯 以後會多加小心一點。

02 | いぜん【以前】

名 以前；更低階段(程度)的；(某時期)以前

例 以前の通りだ。

譯 和以前一樣。

03 | げんだい【現代】

名 現代，當代；(歷史)現代(日本史上指二次世界大戰後)

例 現代の社会が求める。

譯 現代社會所要求的。

04 | こんご【今後】

名 今後，以後，將來

例 今後のことを考える。

譯 為今後作打算。

05 | じご【事後】

名 事後

例 事後の計画を立てる。

譯 制訂事後計畫。

06 | じぜん【事前】

名 事前

例 事前に話し合う。

譯 事前討論。

07 | すぎる【過ぎる】

自上一 超過；過於；經過

例 ５時を過ぎた。

譯 已經５點多了。

08 | **ぜん**
【前】

(漢造) 前方，前面；(時間)早；預先；從前

例 前首相が韓国を訪問する。

譯 前首相訪韓。

09 | **ちょくご**
【直後】

(名·副) (時間，距離)緊接著，剛…之後，…之後不久

例 犯人は事件直後に逮捕された。

譯 犯人在事件發生後不久便遭逮捕。

10 | **ちょくぜん**
【直前】

(名) 即將…之前，眼看就要…的時候；(時間，距離)之前，跟前，眼前

例 テストの直前に頑張って勉強する。

譯 在考前用功讀書。

11 | **のち**
【後】

(名) 後，之後；今後，未來；死後，身後

例 晴れのち曇りが続く。

譯 天氣持續晴後陰。

12 | **ふる**
【古】

(名·漢造) 舊東西；舊，舊的

例 読んだ本を古本屋に売った。

譯 把看過的書賣給二手書店。

13 | **みらい**
【未来】

(名) 將來，未來；(佛)來世

例 未来を予測する。

譯 預測未來。

14 | **らい**
【来】

(接尾) 以來

例 彼とは10年来の付き合いだ。

譯 我和他已經認識10年了。

1-4 期間、期限／期間、期限

01 | かん【間】

名·接尾 間，機會，間隙

例 5日間の京都旅行も終わった。

譯 5天的京都之旅已經結束。

02 | き【期】

漢造 時期；時機；季節；（預定的）時日

例 入学の時期が近い。

譯 開學時期將近。

03 | きかん【期間】

名 期間，期限內

例 期間が過ぎる。

譯 過期。

04 | きげん【期限】

名 期限

例 期限になる。

譯 到期。

05 | シーズン【season】

名（盛行的）季節，時期

例 受験シーズンが始まった。

譯 考季開始了。

06 | しめきり【締め切り】

名（時間、期限等）截止，屆滿；封死，封閉；截斷，斷流

例 締め切りが近づく。

譯 臨近截稿日期。

07 | ていき【定期】

名 定期，一定的期限

例 エレベーターは定期的に調べる。

譯 定期維修電梯。

08 | まにあわせる【間に合わせる】

(連語) 臨時湊合，就將；使來得及，趕出來

例 締切（しめきり）に間（ま）に合（あ）わせる。

譯 在截止期限之前繳交。

活用句庫

例 先日（せんじつ）の台風（たいふう）で、畑（はたけ）の野菜（やさい）が全部（ぜんぶ）だめになってしまいました。	前陣子的颱風害得菜園的蔬菜全作廢了。
例 医者（いしゃ）からは、来月（らいげつ）の中旬（ちゅうじゅん）には退院（たいいん）できると言（い）われています。	醫生說下個月中旬就能出院了。
例 一昨年（いっさくねん）の夏（なつ）は雨続（あめつづ）きで、深刻（しんこく）な米不足（こめぶそく）となりました。	前年夏天的持續降雨，造成了稻米嚴重歉收。

練　習

I [a～e]の中から適当な言葉を選んで、(　　)に入れなさい。

a. 日（じつ）	b. 翌（よく）	c. 日（か）	d. 昨（さく）	e. 明（みょう）

❶ 8（よう）（　　　　　　）と4（よっ）（　　　　　　）を聞（き）き間違（まちが）えたのか。約束（やくそく）の場所（ばしょ）に誰（だれ）もいませんでした。

❷（　　　　　　）夜（や）の大雨（おおあめ）で、桜（さくら）の花（はな）がほとんど散（ち）ってしまいました。

❸ この飛行機（ひこうき）は（　　　　　　）朝（ちょう）5時（じ）30分（ぷん）にホノルルに到着（とうちゃく）の予定（よてい）です。

❹ この子（こ）は10年前（ねんまえ）の大地震（おおじしん）の（　　　　　　）日（じつ）に生（う）まれました。

II [a～e]の中から適当な言葉を選んで、(　　)に入れなさい。

a. 明後日（みょうごにち）	b. 月末（げつまつ）	c. 年始（ねんし）	d. 前日（ぜんじつ）	e. 週末（しゅうまつ）

❶（　　　　　　）の挨拶（あいさつ）の手土産（てみやげ）は、「お年賀（ねんが）」と呼（よ）ばれます。

❷ 金曜日（きんようび）は（　　　　　　）に含（ふく）まれますか。

❸ 私（わたし）は今月（こんげつ）の（　　　　　　）で会社（かいしゃ）を辞（や）めるつもりです。

❹ 旅行（りょこう）の（　　　　　　）は、いつも興奮（こうふん）してなかなか寝（ね）られません。

ANS:

I ① c　② d　③ e　④ b

II ① c　② e　③ b　④ d

パート
2
住居
- 住房 -

2-1 家、住む／住家、居住

N3 2-1

01 | うつす【移す】

(他五) 移，搬；使傳染；度過時間

例 住(す)まいを移(うつ)す。

譯 遷移住所。

02 | きたく【帰宅】

(名·自サ) 回家

例 会社(かいしゃ)から帰宅(きたく)する。

譯 從公司回家。

03 | くらす【暮らす】

(自他五) 生活，度日

例 楽(たの)しく暮(く)らす。

譯 過著快樂的生活。

04 | けん・げん【軒】

(漢造) 軒昂，高昂；屋簷；表房屋數量，書齋，商店等雅號

例 薬屋(くすりや)が３軒(げん)ある。

譯 有３家藥局。

05 | じょう【畳】

(接尾·漢造) (計算草蓆、席墊)塊，疊；重疊

例 ６畳(じょう)のアパートに住(す)んでいる。

譯 住在一間６鋪席大的公寓裡。

06 | すごす【過ごす】

(他五·接尾) 度(日子、時間)，過生活；過渡過量；放過，不管

例 休日(きゅうじつ)は家(いえ)で過(す)ごす。

譯 假日在家過。

07 | せいけつ【清潔】

(名·形動) 乾淨的，清潔的；廉潔；純潔

例 清潔(せいけつ)に保(たも)つ。

譯 保持乾淨。

2
- 住房 -

08 | **ひっこし【引っ越し】**

(名) 搬家，遷居

例 引(ひ)っ越(こ)しをする。

譯 搬家。

09 | **マンション【mansion】**

(名) 公寓大廈；(高級)公寓

例 高級(こうきゅう)マンションに住(す)む。

譯 住高級大廈。

10 | **るすばん【留守番】**

(名) 看家，看家人

例 留守番(るすばん)をする。

譯 看家。

11 | **わ【和】**

(名) 日本

例 和室(わしつ)と洋室(ようしつ)、どちらがいい。

譯 和室跟洋室哪個好呢？

12 | **わが【我が】**

(連體) 我的，自己的，我們的

例 我(わ)が家(や)へ、ようこそ。

譯 歡迎來到我家。

2-2 家の外側／住家的外側

N3 ◎ 2-2

01 | **とじる【閉じる】**

(自上一) 閉，關閉；結束

例 戸(と)が閉(と)じた。

譯 門關上了。

02 | **ノック【knock】**

(名·他サ) 敲打；(來訪者)敲門；打球

例 ノックの音(おと)が聞(き)こえる。

譯 聽見敲門聲。

03 | ベランダ
【veranda】

㊔ 陽台；走廊

例 ベランダの花(はな)が次々(つぎつぎ)に咲(さ)く。

譯 陽台上的花接二連三的綻放。

04 | やね
【屋根】

㊔ 屋頂

例 屋根(やね)から落(お)ちる。

譯 從屋頂掉下來。

05 | やぶる
【破る】

(他五) 弄破；破壞；違反；打敗；打破(記錄)

例 ドアを破(やぶ)って入(はい)った。

譯 破門而入。

06 | ロック
【lock】

(名·他サ) 鎖，鎖上，閉鎖

例 ロックが壊(こわ)れた。

譯 門鎖壞掉了。

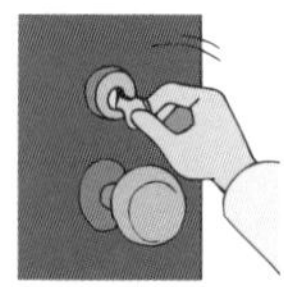

2-3 部屋、設備／房間、設備

N3 ● 2-3

01 | あたたまる
【暖まる】

(自五) 暖，暖和；感到溫暖；手頭寬裕

例 部屋(へや)が暖(あたた)まる。

譯 房間暖和起來。

02 | いま
【居間】

㊔ 起居室

例 居間(いま)を掃除(そうじ)する。

譯 清掃客廳。

03 | かざり
【飾り】

㊔ 裝飾(品)

例 飾(かざ)りをつける。

譯 加上裝飾。

04 | きく
【効く】

㊀自五 有效，奏效；好用，能幹；可以，能夠；起作用；（交通工具等）通，有

例 停電(ていでん)で冷房(れいぼう)が効(き)かない。

譯 停電了冷氣無法運轉。

05 | キッチン
【kitchen】

名 廚房

例 ダイニングキッチンが人気(にんき)だ。

譯 廚房兼飯廳裝潢很受歡迎。

06 | しんしつ
【寝室】

名 寢室

例 寝室(しんしつ)で休(やす)んだ。

譯 在臥房休息。

07 | せんめんじょ
【洗面所】

名 化妝室，廁所

例 洗面所(せんめんじょ)で顔(かお)を洗(あら)った。

譯 在化妝室洗臉。

08 | ダイニング
【dining】

名 餐廳（「ダイニングルーム」之略稱）；吃飯，用餐；西式餐館

例 ダイニングルームで食事(しょくじ)をする。

譯 在西式餐廳用餐。

09 | たな
【棚】

名（放置東西的）隔板，架子，棚

例 お菓子(かし)を棚(たな)に置(お)く。

譯 把糕點放在架子上。

10 | つまる
【詰まる】

自五 擠滿，塞滿；堵塞，不通；窘困，窘迫；縮短，緊小；停頓，擱淺

例 トイレが詰(つ)まった。

譯 廁所排水管塞住了。

11 | てんじょう
【天井】

名 天花板

例 天井(てんじょう)の高(たか)い家(いえ)がいい。

譯 我要天花板高的房子。

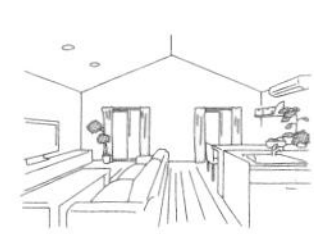

12 はしら【柱】

(名·接尾)(建)柱子；支柱；(轉)靠山

例 柱が倒れた。

譯 柱子倒下。

13 ブラインド【blind】

(名)百葉窗，窗簾，遮光物

例 ブラインドを下ろす。

譯 拉下百葉窗。

14 ふろ(ば)【風呂(場)】

(名)浴室，洗澡間，浴池

例 風呂に入る。

譯 泡澡。

15 まどり【間取り】

(名)(房子的)房間佈局，採間，平面佈局

例 間取りがいい。

譯 隔間還不錯。

16 もうふ【毛布】

(名)毛毯，毯子

例 毛布をかける。

譯 蓋上毛毯。

17 ゆか【床】

(名)地板

例 床を拭く。

譯 擦地板。

18 よわめる【弱める】

(他下一)減弱，削弱

例 冷房を少し弱められますか。

譯 冷氣可以稍微轉弱嗎？

19 リビング【living】

(名)起居間，生活間

例 リビングには家具が並んでいる。

譯 客廳擺放著家具。

パート 3

食事

- 用餐 -

3-1 食事、味／用餐、味道

N3 ◎ 3-1

01 あぶら【脂】

㊔ 脂肪，油脂；(喻)活動力，幹勁

例 脂があるからおいしい。

譯 富含油質所以好吃。

02 うまい

㊒ 味道好，好吃；想法或做法巧妙，擅於；非常適宜，順利

例 空気がうまい。

譯 空氣新鮮。

03 さげる【下げる】

(他下一) 向下；掛；收走

例 コップを下げる。

譯 收走杯子。

04 さめる【冷める】

(自下一) (熱的東西)變冷，涼；(熱情、興趣等)降低，減退

例 スープが冷めてしまった。

譯 湯冷掉了。

05 しょくご【食後】

㊔ 飯後，食後

例 食後に薬を飲む。

譯 藥必須在飯後服用。

06 しょくぜん【食前】

㊔ 飯前

例 食前にちゃんと手を洗う。

譯 飯前把手洗乾淨。

07 すっぱい【酸っぱい】

㊒ 酸，酸的

例 梅干しはすっぱいに決まっている。

譯 梅乾當然是酸的。

08 | マナー【manner】

㊔ 禮貌，規矩；態度舉止，風格

例 食事（しょくじ）のマナーが悪（わる）い。

譯 用餐禮儀不好。

09 | メニュー【menu】

㊔ 菜單

例 ディナーのメニューをご覧（らん）ください。

譯 這是餐點的菜單，您請過目。

10 | ランチ【lunch】

㊔ 午餐

例 ランチタイムにラーメンを食（た）べる。

譯 午餐時間吃拉麵。

3-2 食べ物／食物

N3 ◎ 3-2

01 | アイスクリーム【ice cream】

㊔ 冰淇淋

例 アイスクリームを食（た）べる。

譯 吃冰淇淋。

02 | あぶら【油】

㊔ 脂肪，油脂

例 魚（さかな）を油（あぶら）で揚（あ）げる。

譯 用油炸魚。

03 | インスタント【instant】

名·形動 即席，稍加工即可的，速成

例 インスタントコーヒーを飲（の）む。

譯 喝即溶咖啡。

04 | うどん【饂飩】

㊔ 烏龍麵條，烏龍麵

例 うどんをゆでて食（た）べる。

譯 煮烏龍麵吃。

05 | オレンジ【orange】

㊔ 柳橙，柳丁；橙色

例 オレンジは全部(ぜんぶ)食(た)べた。

譯 橘子全都吃光了。

06 | ガム【(英) gum】

㊔ 口香糖；樹膠

例 ガムを噛(か)む。

譯 嚼口香糖。

07 | かゆ【粥】

㊔ 粥，稀飯

例 粥(かゆ)を炊(た)く。

譯 煮粥。

08 | かわ【皮】

㊔ 皮，表皮；皮革

例 皮(かわ)をむく。

譯 剝皮。

09 | くさる【腐る】

自五 腐臭，腐爛；金屬鏽，爛；墮落，腐敗；消沉，氣餒

例 味噌(みそ)が腐(くさ)る。

譯 味噌發臭。

10 | ケチャップ【ketchup】

㊔ 蕃茄醬

例 ケチャップをつける。

譯 沾番茄醬。

11 | こしょう【胡椒】

㊔ 胡椒

例 胡椒(こしょう)を入(い)れる。

譯 灑上胡椒粉。

12 | さけ【酒】

㊔ 酒(的總稱)，日本酒，清酒

例 酒(さけ)を杯(さかずき)に入(い)れる。

譯 將酒倒入杯子裡。

13 | しゅ
【酒】

(漢造) 酒

例 葡萄酒(ぶどうしゅ)を飲(の)む。

譯 喝葡萄酒。

14 | ジュース
【juice】

(名) 果汁，汁液，糖汁，肉汁

例 ジュースを飲(の)む。

譯 喝果汁。

15 | しょくりょう
【食料】

(名) 食品，食物

例 食料(しょくりょう)を保存(ほぞん)する。

譯 保存食物。

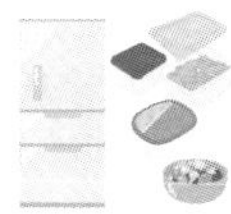

16 | しょくりょう
【食糧】

(名) 食糧，糧食

例 食糧(しょくりょう)を輸入(ゆにゅう)する。

譯 輸入糧食。

17 | しんせん
【新鮮】

(名·形動) (食物)新鮮；清新乾淨；新穎，全新

例 新鮮(しんせん)な果物(くだもの)を食(た)べる。

譯 吃新鮮的水果。

18 | す
【酢】

(名) 醋

例 酢(す)を入(い)れる。

譯 加入醋。

19 | スープ
【soup】

(名) 湯(多指西餐的湯)

例 スープを飲(の)む。

譯 喝湯。

20 | ソース
【sauce】

(名) (西餐用)調味醬

例 ソースを作(つく)る。

譯 調製醬料。

21 | チーズ
【cheese】

㊔ 起司，乳酪

例 チーズを買(か)う。

譯 買起司。

22 | チップ
【chip】

㊔（削木所留下的）片削；洋芋片

例 ポテトチップスを食(た)べる。

譯 吃洋芋片。

23 | ちゃ
【茶】

(名·漢造) 茶；茶樹；茶葉；茶水

例 茶(ちゃ)を入(い)れる。

譯 泡茶。

24 | デザート
【dessert】

㊔ 餐後點心，甜點（大多泛指較西式的甜點）

例 デザートを食(た)べる。

譯 吃甜點。

25 | ドレッシング
【dressing】

㊔ 調味料，醬汁；服裝，裝飾

例 サラダにドレッシングをかける。

譯 把醬汁淋到沙拉上。

26 | どんぶり
【丼】

㊔ 大碗公；大碗蓋飯

例 500円(えん)で鰻丼(うなぎどんぶり)が食(た)べられる。

譯 500圓就可以吃到鰻魚蓋飯。

27 | なま
【生】

(名·形動)（食物沒有煮過、烤過）生的；直接的，不加修飾的；不熟練，不到火候

例 生(なま)で食(た)べる。

譯 生吃。

28 | ビール
【（荷）bier】

㊔ 啤酒

例 ビールを飲(の)む。

譯 喝啤酒。

29 | **ファストフード**
【fast food】

名 速食

例 ファストフードを食(た)べすぎた。

譯 吃太多速食。

30 | **べんとう**
【弁当】

名 便當，飯盒

例 弁当(べんとう)を作(つく)る。

譯 做便當。

31 | **まぜる**
【混ぜる】

他下一 混入；加上，加進；攪，攪拌

例 ビールとジュースを混(ま)ぜる。

譯 將啤酒和果汁加在一起。

32 | **マヨネーズ**
【mayonnaise】

名 美乃滋，蛋黃醬

例 パンにマヨネーズを塗(ぬ)る。

譯 在土司上塗抹美奶滋。

33 | **みそしる**
【味噌汁】

名 味噌湯

例 私(わたし)の母(はは)は毎朝(まいあさ)味噌汁(みそしる)を作(つく)る。

譯 我母親每天早上煮味噌湯。

34 | **ミルク**
【milk】

名 牛奶；煉乳

例 紅茶(こうちゃ)にはミルクを入(い)れる。

譯 在紅茶裡加上牛奶。

35 | **ワイン**
【wine】

名 葡萄酒；水果酒；洋酒

例 白(しろ)ワインが合(あ)います。

譯 白酒很搭。

3-3 調理、料理、クッキング／調理、菜餚、烹調

N3 ◎ 3-3

01 あげる【揚げる】

(他下一) 炸，油炸；舉，抬；提高；進步

例 天(てん)ぷらを揚(あ)げる。

譯 炸天婦羅。

02 あたためる【温める】

(他下一) 溫，熱；擱置不發表

例 ご飯(はん)を温(あたた)める。

譯 熱飯菜。

03 こぼす【溢す】

(他五) 灑，漏，溢(液體)，落(粉末)；發牢騷，抱怨

例 コーヒーを溢(こぼ)す。

譯 咖啡溢出來了。

04 たく【炊く】

(他五) 點火，燒著；燃燒；煮飯，燒菜

例 ご飯(はん)を炊(た)く。

譯 煮飯。

05 たける【炊ける】

(自下一) 燒成飯，做成飯

例 ご飯(はん)が炊(た)けた。

譯 飯已經煮熟了。

06 つよめる【強める】

(他下一) 加強，增強

例 火(ひ)を強(つよ)める。

譯 把火力調大。

07 てい【低】

(名·漢造) (位置)低；(價格等)低；變低

例 低温(ていおん)でゆっくり焼(や)く。

譯 用低溫慢烤。

08 | にえる
【煮える】

(自下一) 煮熟，煮爛；水燒開；固體融化（成泥狀）；發怒，非常氣憤

例 芋(いも)は煮(に)えました。

譯 芋頭已經煮熟了。

09 | にる
【煮る】

(自五) 煮，燉，熬

例 豆(まめ)を煮(に)る。

譯 煮豆子。

10 | ひやす
【冷やす】

(他五) 使變涼，冰鎮；（喻）使冷靜

例 冷蔵庫(れいぞうこ)で冷(ひ)やす。

譯 放在冰箱冷藏。

11 | むく
【剝く】

(他五) 剝，削

例 りんごを剝(む)く。

譯 削蘋果皮。

12 | むす
【蒸す】

(他五·自五) 蒸，熱（涼的食品）；（天氣）悶熱

例 肉(にく)まんを蒸(む)す。

譯 蒸肉包。

13 | ゆでる
【茹でる】

(他下一) （用開水）煮，燙

例 よく茹(ゆ)でる。

譯 煮熟。

14 | わく
【沸く】

(自五) 煮沸，煮開；興奮

例 お湯(ゆ)が沸(わ)く。

譯 開水滾開。

15 | わる
【割る】

(他五) 打，劈開；用除法計算

例 卵(たまご)を割(わ)る。

譯 打破蛋。

活用句庫

例「すみません、飲み物のメニューを頂けますか。」「はい、お待ちください。」	「不好意思，可以給我飲料的菜單嗎？」「好的，請稍等。」
例 やっぱりウール100パーセントの毛布は暖かいなあ。	百分之百的羊毛毯果然很暖和啊！
例 彼は食事のマナーはいいんですが、食事中の会話がつまらないんです。	雖說他的用餐禮儀良好，但吃飯時聊的內容很無趣。

練習

I [a～e]の中から適当な言葉を選んで、（　　）に入れなさい。（必要なら形を変えなさい）

a. 冷める	b. 冷やす	c. 温める	d. 下げる	e. 温まる

❶ この文は難しいですから、もう少しレベルを（　　　　　）ください。

❷ 早く食べないと、（　　　　　）しまいますよ。

❸ 寒い日はお風呂に入って、しっかり体を（　　　　　）ましょう。

❹ ここのチーズケーキは冷蔵庫で1時間ぐらい（　　　　　）食べたほうがおいしいですよ。

II [a～e]の中から適当な言葉を選んで、（　　）に入れなさい。（必要なら形を変えなさい）

a. 溢す	b. 炊く	c. 揚げる	d. 煮える	e. 炊ける

❶ この店のAランチは、健康に悪い（　　　　　）物ばかりです。

❷ お喋りしながら食べると、ご飯を（　　　　　）しまいます。

❸ ご飯を（　　　　　）のを忘れていました。お弁当、買って来ますね。

❹ ご飯が（　　　　　）ら、すぐ混ぜてくださいね。

ANS:

I ① d- 下げて ② a- 冷めて ③ c- 温め ④ b- 冷やして

II ① c- 揚げた ② a- 溢して ③ b- 炊く ④ e- 炊けた

パート 4

衣服

- 衣服 -

4-1 衣服、洋服、和服／衣服、西服、和服

N3 ⊙ 4-1

01｜えり【襟】

㊔(衣服的)領子；脖頸，後頸；(西裝的)硬領

例 襟(えり)を立(た)てる。

譯 立起領子。

02｜オーバー(コート)【overcoat】

㊔大衣，外套，外衣

例 オーバーを着(き)る。

譯 穿大衣。

03｜ジーンズ【jeans】

㊔牛仔褲

例 ジーンズをはく。

譯 穿牛仔褲。

04｜ジャケット【jacket】

㊔外套，短上衣；唱片封面

例 ジャケットを着(き)る。

譯 穿外套。

05｜すそ【裾】

㊔下擺，下襟；山腳；(靠近頸部的)頭髮

例 ジーンズの裾(すそ)が汚(よご)れた。

譯 牛仔褲的褲腳髒了。

06｜せいふく【制服】

㊔制服

例 制服(せいふく)を着(き)る。

譯 穿制服。

07｜そで【袖】

㊔衣袖；(桌子)兩側抽屜，(大門)兩側的廳房，舞台的兩側，飛機(兩翼)

例 半袖(はんそで)を着(き)る。

譯 穿短袖。

4
-衣服-

08 | **タイプ**
【type】

(名·他サ) 型，形式，類型；典型，榜樣，樣本，標本；(印)鉛字，活字；打字(機)

例 このタイプの服(ふく)にする。

譯 決定穿這種樣式的服裝。

---

09 | **ティーシャツ**
【T-shirt】

(名) 圓領衫，T 恤

例 ティーシャツを着(き)る。

譯 穿 T 恤。

---

10 | **パンツ**
【pants】

(名) 內褲；短褲；運動短褲

例 パンツをはく。

譯 穿褲子。

---

11 | **パンプス**
【pumps】

(名) 女用的高跟皮鞋，淑女包鞋

例 パンプスをはく。

譯 穿淑女包鞋。

---

12 | **ぴったり**

(副·自サ) 緊緊地，嚴實地；恰好，正適合；說中，猜中

例 体(からだ)にぴったりした背広(せびろ)をつくる。

譯 製作合身的西裝。

---

13 | **ブラウス**
【blouse】

(名) (多半為女性穿的)罩衫，襯衫

例 ブラウスを洗濯(せんたく)する。

譯 洗襯衫。

---

14 | **ぼろぼろ**

(名·副·形動) (衣服等)破爛不堪；(粒狀物)散落貌

例 今(いま)でもぼろぼろの洋服(ようふく)を着(き)ている。

譯 破破爛爛的衣服現在還在穿。

4-2 着る、装身具／穿戴、服飾用品

N3 ◎ 4-2

01 | きがえ【着替え】

㊔·自サ 換衣服；換洗衣物

例 急いで着替えを済ませる。

譯 急急忙忙地換好衣服。

02 | きがえる・きかえる【着替える】

他下一 換衣服

例 着物を着替える。

譯 換和服。

03 | スカーフ【scarf】

㊔ 圍巾，披肩；領結

例 スカーフを巻く。

譯 圍上圍巾。

04 | ストッキング【stocking】

㊔ 褲襪；長筒襪

例 ナイロンのストッキングを履く。

譯 穿尼龍絲襪。

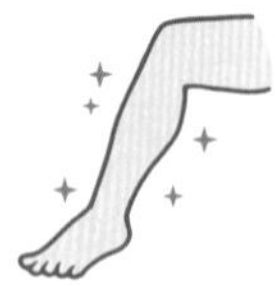

05 | スニーカー【sneakers】

㊔ 球鞋，運動鞋

例 スニーカーで通勤する。

譯 穿球鞋上下班。

06 | ぞうり【草履】

㊔ 草履，草鞋

例 草履を履く。

譯 穿草鞋。

07 | ソックス【socks】

㊔ 短襪

例 ソックスを履く。

譯 穿襪子。

4

衣服

08 | **とおす**
【通す】

(他五·接尾) 穿通，貫穿；滲透，透過；連續，貫徹；(把客人)讓到裡邊；一直，連續，…到底

例 そでに手(て)を通(とお)す。

譯 把手伸進袖筒。

09 | **ネックレス**
【necklace】

(名) 項鍊

例 ネックレスをつける。

譯 戴上項鍊。

10 | **ハイヒール**
【high heel】

(名) 高跟鞋

例 ハイヒールをはく。

譯 穿高跟鞋。

11 | **バッグ**
【bag】

(名) 手提包

例 バッグに財布(さいふ)を入(い)れる。

譯 把錢包放入包包裡。

12 | **ベルト**
【belt】

(名) 皮帶；(機)傳送帶；(地)地帶

例 ベルトの締(し)め方(かた)を動画(どうが)で解説(かいせつ)する。

譯 以動畫解說繫皮帶的方式。

13 | **ヘルメット**
【helmet】

(名) 安全帽；頭盔，鋼盔

例 ヘルメットをかぶる。

譯 戴安全帽。

14 | **マフラー**
【muffler】

(名) 圍巾；(汽車等的)滅音器

例 暖(あたた)かいマフラーをくれた。

譯 人家送了我暖和的圍巾。

活用句庫

例 仕事で履くので、歩き易いパンプスを探しています。
我想買一雙工作用的好穿包鞋。

例 このドレスに合うネックレスが欲しいのですが。
我想找可以搭配這件洋裝的項鍊。

例 ズボンが緩いので、ベルトを締めないと落ちてきてしまいます。
因為褲子很鬆，所以如果沒繫腰帶就會掉下來。

練　習

I [a ～ e]の中から適当な言葉を選んで、（　　）に入れなさい。

a. 裾	b. 袖	c. パンプス	d. 襟	e. 制服

❶ シャツの（　　　　　）がきついので、第一ボタンを外しました。
❷ ズボンの（　　　　　）を上げたい時、このテープを使うと便利です。
❸ （　　　　　）が好きだから、この学校に決めました。
❹ 初めて会社に行く日は、黒の（　　　　　）を穿いて行きます。

II [a ～ e]の中から適当な言葉を選んで、（　　）に入れなさい。

a. ばらばら	b. ぼろぼろ	c. ぴかぴか	d. ぴったり	e. ふわふわ

❶ 吉岡さんはいつも約束の時間（　　　　　）にやって来ます。
❷ 15年前に買った車が（　　　　　）になったので、今年こそ新車を買いたいです。
❸ テレビで「タオルを（　　　　　）にする洗濯方法」を紹介していました。
❹ 友達が（　　　　　）光るダイヤモンドの婚約指輪を見せてくれました。

ANS:
I ①d ②a ③e ④c
II ①d ②b ③e ④c

パート
5

人体

- 人體 -

5-1 身体、体／胴體、身體

N3 ◎ 5-1

01 | あたたまる【温まる】

(自五) 暖，暖和；感到心情溫暖

例 体(からだ)が温(あたた)まる。

譯 身體暖和。

02 | あたためる【暖める】

(他下一) 使溫暖；重溫，恢復

例 手(て)を暖(あたた)める。

譯 焐手取暖。

03 | うごかす【動かす】

(他五) 移動，挪動，活動；搖動，搖撼；給予影響，使其變化，感動

例 体(からだ)を動(うご)かす。

譯 活動身體。

04 | かける【掛ける】

(他下一·接尾) 坐；懸掛；蓋上，放上；放在…之上；提交；澆；開動；花費；寄託；鎖上；(數學)乘

例 椅子(いす)に掛(か)ける。

譯 坐下。

05 | かた【肩】

(名) 肩，肩膀；(衣服的)肩

例 肩(かた)を揉(も)む。

譯 按摩肩膀。

06 | こし【腰】

(名·接尾) 腰；(衣服、裙子等的)腰身

例 腰(こし)が痛(いた)い。

譯 腰痛。

07 | しり【尻】

(名) 屁股，臀部；(移動物體的)後方，後面；末尾，最後；(長物的)末端

例 しりが痛(いた)くなった。

譯 屁股痛了起來。

08 | バランス【balance】

㊔ 平衡，均衡，均等

例 バランスを取(と)る。

譯 保持平衡。

09 | ひふ【皮膚】

㊔ 皮膚

例 冬(ふゆ)は皮膚(ひふ)が弱(よわ)くなる。

譯 皮膚在冬天比較脆弱。

10 | へそ【臍】

㊔ 肚臍；物體中心突起部分

例 へそを曲(ま)げる。

譯 不聽話。

11 | ほね【骨】

㊔ 骨頭；費力氣的事

例 骨(ほね)が折(お)れる。

譯 費力氣。

12 | むける【剥ける】

(自下一) 剝落，脫落

例 鼻(はな)の皮(かわ)がむけた。

譯 鼻子的皮脫落了。

13 | むね【胸】

㊔ 胸部；內心

例 胸(むね)が痛(いた)む。

譯 胸痛；痛心。

14 | もむ【揉む】

(他五) 搓，揉；捏，按摩；(很多人)互相推擠；爭辯；(被動式型態)錘鍊，受磨練

例 肩(かた)をもんであげる。

譯 我幫你按摩肩膀。

5 人體

5-2 顏／臉

N3 ◉ 5-2

01 あご【顎】

㊔（上、下）顎；下巴

例 二重（にじゅう）あごになる。

譯 長出雙下巴。

02 うつる【映る】

自五 映，照；顯得，映入；相配，相稱；照相，映現

例 目（め）に映（うつ）る。

譯 映入眼簾。

03 おでこ

㊔ 凸額，額頭突出（的人）；額頭，額骨

例 おでこを出（だ）す。

譯 露出額頭。

04 かぐ【嗅ぐ】

他五（用鼻子）聞，嗅

例 花（はな）の香（かお）りをかぐ。

譯 聞花香。

05 かみのけ【髪の毛】

㊔ 頭髮

例 髪（かみ）の毛（け）を切（き）る。

譯 剪髮。

06 くちびる【唇】

㊔ 嘴唇

例 唇（くちびる）が 青（あお）い。

譯 嘴唇發青。

07 くび【首】

㊔ 頸部

例 首（くび）が痛（いた）い。

譯 脖子痛。

08 | した
【舌】

㊔ 舌頭；說話；舌狀物

例 舌(した)が長(なが)い。

譯 愛說話。

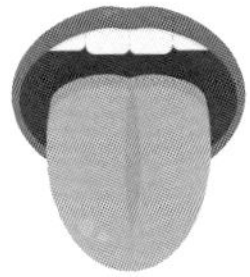

09 | だまる
【黙る】

自五 沉默，不說話；不理，不聞不問

例 黙(だま)って命令(めいれい)に従(したが)う。

譯 默默地服從命令。

10 | はなす
【離す】

他五 使…離開，使…分開；隔開，拉開距離

例 目(め)を離(はな)す。

譯 轉移視線。

11 | ひたい
【額】

㊔ 前額，額頭；物體突出部分

例 額(ひたい)に汗(あせ)して働(はたら)く。

譯 汗流滿面地工作。

12 | ひょうじょう
【表情】

㊔ 表情

例 表情(ひょうじょう)が暗(くら)い。

譯 神情陰鬱。

13 | ほお
【頬】

㊔ 頰，臉蛋

例 ほおが赤(あか)い。

譯 臉蛋紅通通的。

14 | まつげ
【まつ毛】

㊔ 睫毛

例 まつ毛(げ)が抜(ぬ)ける。

譯 掉睫毛。

15 | まぶた
【瞼】

㊔ 眼瞼，眼皮

例 瞼(まぶた)を閉(と)じる。

譯 闔上眼瞼。

16 | **まゆげ【眉毛】**

㊔ 眉毛

例 まゆげが長(なが)い。

譯 眉毛很長。

17 | **みかける【見掛ける】**

(他下一) 看到，看出，看見；開始看

例 彼女(かのじょ)をよく駅(えき)で見(み)かけます。

譯 經在車站看到她。

5-3 手足 (1) ／ 手腳 (1)

N3 ◉ 5-3(1)

01 | **あくしゅ【握手】**

(名・自サ) 握手；和解，言和；合作，妥協；會師，會合

例 握手(あくしゅ)をする。

譯 握手合作。

02 | **あしくび【足首】**

㊔ 腳踝

例 足首(あしくび)を温(あたた)める。

譯 暖和腳踝。

03 | **うめる【埋める】**

(他下一) 埋，掩埋；填補，彌補；佔滿

例 金(かね)を埋(う)める。

譯 把錢埋起來。

04 | **おさえる【押さえる】**

(他下一) 按，壓；扣住，勒住；控制，阻止；捉住；扣留；超群出眾

例 耳(みみ)を押(お)さえる。

譯 摀住耳朵。

05 | **おやゆび【親指】**

㊔ (手腳的) 的拇指

例 手(て)の親指(おやゆび)が痛(いた)い。

譯 手的大拇指會痛。

06 かかと【踵】

㊔ 腳後跟

例 踵(かかと)の高(たか)い靴(くつ)を履(は)く。

譯 穿高跟鞋。

07 かく【掻く】

他五 (用手或爪)搔，撥；扒，推；攪拌，攪和

例 頭(あたま)を掻(か)く。

譯 搔起頭來。

08 くすりゆび【薬指】

㊔ 無名指

例 薬指(くすりゆび)に指輪(ゆびわ)をしている。

譯 在無名指上戴戒指。

09 こゆび【小指】

㊔ 小指頭

例 小指(こゆび)に指輪(ゆびわ)をつける。

譯 小指戴上戒指。

10 だく【抱く】

他五 抱；孵卵；心懷，懷抱

例 赤(あか)ちゃんを抱(だ)く。

譯 抱小嬰兒。

11 たたく【叩く】

他五 敲，叩；打；詢問，徵求；拍，鼓掌；攻擊，駁斥；花完，用光

例 ドアをたたく。

譯 敲打門。

12 つかむ【掴む】

他五 抓，抓住，揪住，握住；掌握到，瞭解到

例 手首(てくび)を掴(つか)んだ。

譯 抓住了手腕。

13 つつむ【包む】

他五 包裹，打包，包上；蒙蔽，遮蔽，籠罩；藏在心中，隱瞞；包圍

例 プレゼントを包(つつ)む。

譯 包裝禮物。

14 | つなぐ
【繋ぐ】

(他五) 拴結，繫；連起，接上；延續，維繫(生命等)

例 手(て)を繋(つな)ぐ。

譯 手牽手。

---

15 | つまさき
【爪先】

(名) 腳指甲尖端

例 爪先(つまさき)で立(た)つ。

譯 用腳尖站立。

---

16 | つめ
【爪】

(名)(人的)指甲，腳指甲；(動物的)爪；指尖；(用具的)鉤子

例 爪(つめ)を伸(の)ばす。

譯 指甲長長。

---

17 | てくび
【手首】

(名) 手腕

例 手首(てくび)を怪我(けが)した。

譯 手腕受傷了。

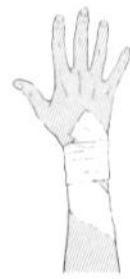

---

18 | てのこう
【手の甲】

(名) 手背

例 手(て)の甲(こう)にキスする。

譯 在手背上親吻。

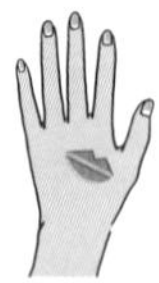

---

19 | てのひら
【手の平・掌】

(名) 手掌

例 掌(てのひら)に載(の)せて持(も)つ。

譯 放在手掌上托著。

---

20 | なおす
【直す】

(他五) 修理；改正；治療

例 自転車(じてんしゃ)を直(なお)す。

譯 修理腳踏車。

5-3 手足(2)／手腳(2)

N3 5-3(2)

01 なかゆび【中指】

名 中指

例 中指(なかゆび)でさすな。

譯 別用中指指人。

02 なぐる【殴る】

他五 毆打，揍；草草了事

例 人(ひと)を殴(なぐ)る。

譯 打人。

03 ならす【鳴らす】

他五 鳴，啼，叫；(使)出名；嘮叨；放響屁

例 鐘(かね)を鳴(な)らす。

譯 敲鐘。

04 にぎる【握る】

他五 握，抓；握飯團或壽司；掌握，抓住；(圍棋中決定誰先下)抓棋子

例 手(て)を握(にぎ)る。

譯 握拳。

05 ぬく【抜く】

自他五·接尾 抽出，拔去；選出，摘引；消除，排除；省去，減少；超越

例 空気(くうき)を抜(ぬ)いた。

譯 放了氣。

06 ぬらす【濡らす】

他五 浸濕，淋濕，沾濕

例 濡(ぬ)らすと壊(こわ)れる。

譯 碰到水，就會故障。

07 のばす【伸ばす】

他五 伸展，擴展，放長；延緩(日期)，推遲；發展，發揮；擴大，增加；稀釋；打倒

例 手(て)を伸(の)ばす。

譯 伸手。

08 | はくしゅ 【拍手】

㊔名·自サ 拍手，鼓掌

例 拍手(はくしゅ)を送(おく)った。

譯 一起報以掌聲。

09 | はずす 【外す】

他五 摘下，解開，取下；錯過，錯開；落後，失掉；避開，躲過

例 眼鏡(めがね)を外(はず)す。

譯 摘下眼鏡。

10 | はら 【腹】

名 肚子；心思，內心活動；心情，情緒；心胸，度量；胎內，母體內

例 腹(はら)がいっぱい。

譯 肚子很飽。

11 | ばらばら(な)

副 分散貌；凌亂，支離破碎的

例 時計(とけい)をばらばらにする。

譯 把表拆開。

12 | ひざ 【膝】

名 膝，膝蓋

例 膝(ひざ)を曲(ま)げる。

譯 曲膝。

13 | ひじ 【肘】

名 肘，手肘

例 肘(ひじ)つきのいす。

譯 帶扶手的椅子。

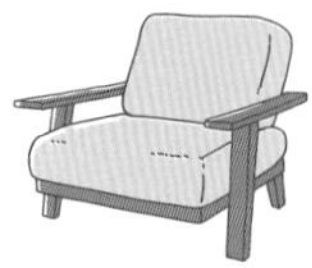

14 | ひとさしゆび 【人差し指】

名 食指

例 人差(ひとさ)し指(ゆび)を立(た)てる。

譯 豎起食指。

15 | ふる 【振る】

他五 揮，搖；撒，丟；(俗)放棄，犧牲(地位等)；謝絕，拒絕；派分；在漢字上註假名；(使方向)偏於

例 手(て)を振(ふ)る。

譯 揮手。

16 | **ほ・ぽ【歩】**

(名·漢造) 步，步行；(距離單位)步

例 前（まえ）へ、一歩（いっぽ）進（すす）む。

譯 往前一步。

17 | **まげる【曲げる】**

(他下一) 彎，曲；歪，傾斜；扭曲，歪曲；改變，放棄；(當舖裡的)典當；偷，竊

例 腰（こし）を曲（ま）げる。

譯 彎腰。

18 | **もも【股・腿】**

(名) 股，大腿

例 腿（もも）の裏側（うらがわ）が痛（いた）い。

譯 腿部內側會痛。

5 人體

活用句庫

例 肉だけとか野菜だけとかじゃだめ。食事はバランスですよ。
只吃肉或只吃蔬菜都是不行的，必須均衡飲食。

例 皮膚が弱いので、化粧品には気をつけています。
因為我的皮膚不好，所以使用化妝品時總是很謹慎。

例 この映画は、親のいない少年と子馬との心温まる物語です。
這部電影描述的是一名沒有父母的少年和小馬的溫馨故事。

練　習

I [a～e]の中から適当な言葉を選んで、(　　)に入れなさい。

a. 唇	b. 額	c. 顎	d. 肩	e. 骨

❶ 大きなあくびをして、(　　　　　　)が外れそうになりました。

❷ (　　　　　　)が丈夫になるように、毎日牛乳を2リットル飲んでいます。

❸ 日本の冬は乾燥しているので、リップクリームを塗らないと、よく(　　　　　　)が乾きます。

❹ 首や(　　　　　　)が凝っていませんか。その原因、実はスマホかもしれません。

II [a～e]の中から適当な言葉を選んで、(　　)に入れなさい。

a. 頬	b. 舌	c. 臍	d. 瞼	e. 尻

❶ 仕事が忙しいからか、目が疲れて(　　　　　　)が重いです。

❷ 長い時間自転車に乗り続けて、お(　　　　　　)が痛くなりました。

❸ 「おなかのどこが痛いですか。」「お(　　　　　　)の右下が…。」

❹ 少女はお父さんの(　　　　　　)にキスして、「ありがとう。」と言いました。

ANS:
I ①c ②e ③a ④d
II ①d ②e ③c ④a

パート
6
生理
- 生理（現象）-

6-1 誕生、生命／誕生、生命

N3 6-1

01 | いっしょう【一生】

㊔ 一生，終生，一輩子

例 私は一生結婚しません。（わたし／いっしょうけっこん）

譯 終生不結婚。

02 | いのち【命】

㊔ 生命，命；壽命

例 命が危ない。（いのち／あぶ）

譯 性命垂危。

03 | うむ【産む】

(他五) 生，產

例 女の子を産む。（おんな／こ／う）

譯 生女兒。

04 | せい【性】

(名·漢造) 性別；性慾；本性

例 性に目覚める。（せい／めざ）

譯 情竇初開。

05 | せいねんがっぴ【生年月日】

㊔ 出生年月日，生日

例 生年月日を書く。（せいねんがっぴ／か）

譯 填上出生年月日。

06 | たんじょう【誕生】

(名·自サ) 誕生，出生；成立，創立，創辦

例 誕生日のお祝いをする。（たんじょうび／いわ）

譯 慶祝生日。

6-2 老い、死／老年、死亡

01 | おい【老い】

㊔ 老；老人

例 体(からだ)の老(お)いを感(かん)じる。

譯 感到身體衰老。

02 | こうれい【高齢】

㊔ 高齢

例 彼(かれ)は百歳(ひゃくさい)の高齢(こうれい)まで生(い)きた。

譯 他活到百歳的高齡。

03 | しご【死後】

㊔ 死後；後事

例 死後(しご)の世界(せかい)を見(み)た。

譯 看到冥界。

04 | しぼう【死亡】

(名·他サ) 死亡

例 事故(じこ)で死亡(しぼう)する。

譯 死於意外事故。

05 | せいぜん【生前】

㊔ 生前

例 父(ちち)が生前(せいぜん)可愛(かわい)がっていた猫(ねこ)がいる。

譯 有一隻貓是父親生前最喜歡的。

06 | なくなる【亡くなる】

(自五) 去世，死亡

例 おじいさんが亡(な)くなった。

譯 爺爺過世了。

6-3 発育、健康／發育、健康

N3 ◎ 6-3

01 えいよう【栄養】

名 營養

例 栄養(えいよう)が足(た)りない。

譯 營養不足。

02 おきる【起きる】

自上一 (倒著的東西)起來，立起來；起床；不睡；發生

例 ずっと起(お)きている。

譯 一直都是醒著。

03 おこす【起こす】

他五 扶起；叫醒；引起

例 子(こ)どもを起(お)こす。

譯 把小孩叫醒。

04 けんこう【健康】

形動 健康的，健全的

例 健康(けんこう)に役立(やくだ)つ。

譯 有益健康。

05 しんちょう【身長】

名 身高

例 身長(しんちょう)が伸(の)びる。

譯 長高。

06 せいちょう【成長】

名・自サ (經濟、生產)成長，增長，發展；(人、動物)生長，發育

例 子(こ)どもが成長(せいちょう)した。

譯 孩子長大成人了。

07 せわ【世話】

名・他サ 援助，幫助；介紹，推薦；照顧，照料；俗語，常言

例 子(こ)どもの世話(せわ)をする。

譯 照顧小孩。

08 | そだつ【育つ】

自五 成長，長大，發育

例 元気（げんき）に育（そだ）っている。

譯 健康地成長著。

09 | たいじゅう【体重】

名 體重

例 体重（たいじゅう）が落（お）ちる。

譯 體重減輕。

10 | のびる【伸びる】

自上一（長度等）變長，伸長；（皺摺等）伸展；擴展，到達；（勢力、才能等）擴大，增加，發展

例 背（せ）が伸（の）びる。

譯 長高了。

11 | はみがき【歯磨き】

名 刷牙；牙膏，牙膏粉；牙刷

例 食後（しょくご）に歯（は）みがきをする。

譯 每餐飯後刷牙。

12 | はやす【生やす】

他五 使生長；留（鬍子）

例 髭（ひげ）を生（は）やす。

譯 留鬍鬚。

6-4 体調、体質／身體狀況、體質

N3 ◉ 6-4

01 | おかしい【可笑しい】

形 奇怪，可笑；不正常

例 胃（い）の調子（ちょうし）がおかしい。

譯 胃不太舒服。

02 | かゆい【痒い】

形 癢的

例 頭（あたま）が痒（かゆ）い。

譯 頭部發癢。

03 | かわく【渇く】

自五 渇，乾渴；渴望，內心的要求

例 のどが渇(かわ)く。

譯 口渴。

04 | ぐっすり

副 熟睡，酣睡

例 ぐっすり寝(ね)る。

譯 睡得很熟。

05 | けんさ【検査】

名·他サ 檢查，檢驗

例 検査(けんさ)に通(とお)る。

譯 通過檢查。

06 | さます【覚ます】

他五（從睡夢中）弄醒，喚醒；（從迷惑、錯誤中）清醒，醒酒；使清醒，使覺醒

例 目(め)を覚(さ)ました。

譯 醒了。

07 | さめる【覚める】

自下一（從睡夢中）醒，醒過來；（從迷惑、錯誤、沉醉中）醒悟，清醒

例 目(め)が覚(さ)めた。

譯 醒過來了。

08 | しゃっくり

名·自サ 打嗝

例 しゃっくりが出(で)る。

譯 打嗝。

09 | たいりょく【体力】

名 體力

例 体力(たいりょく)がない。

譯 沒有體力。

10 | ちょうし【調子】

名（音樂）調子，音調；語調，聲調，口氣；格調，風格；情況，狀況

例 体(からだ)の調子(ちょうし)が悪(わる)い。

譯 身體情況不好。

11 | つかれ【疲れ】

(名) 疲勞，疲乏，疲倦

例 疲(つか)れが出(で)る。

譯 感到疲勞。

12 | どきどき

(副·自サ)（心臟）撲通撲通地跳，七上八下

例 心臓(しんぞう)がどきどきする。

譯 心臟撲通撲通地跳。

13 | ぬける【抜ける】

(自下一) 脫落，掉落；遺漏；脫；離，離開，消失，散掉；溜走，逃脫

例 髪(かみ)がよく抜(ぬ)ける。

譯 髮絲經常掉落。

14 | ねむる【眠る】

(自五) 睡覺；埋藏

例 薬(くすり)で眠(ねむ)らせた。

譯 用藥讓他入睡。

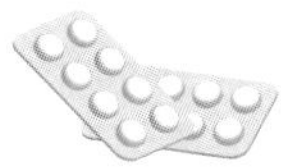

15 | はったつ【発達】

(名·自サ)（身心）成熟，發達；擴展，進步；（機能）發達，發展

例 全身(ぜんしん)の筋肉(きんにく)が発達(はったつ)している。

譯 全身肌肉發達。

16 | へんか【変化】

(名·自サ) 變化，改變；（語法）變形，活用

例 変化(へんか)に強(つよ)い。

譯 很善於應變。

17 | よわまる【弱まる】

(自五) 變弱，衰弱

例 体(からだ)が弱(よわ)まっている。

譯 身體變弱。

6-5 病気、治療／疾病、治療

N3 ◎ 6-5

01 | いためる【傷める・痛める】

(他下一) 使（身體）疼痛，損傷；使（心裡）痛苦

例 足を痛める。

譯 把腳弄痛。

02 | ウイルス【virus】

(名) 病毒，濾過性病毒

例 ウイルスにかかる。

譯 被病毒感染。

03 | かかる

(自五) 生病；遭受災難

例 病気にかかる。

譯 生病。

04 | さます【冷ます】

(他五) 冷卻，弄涼；（使熱情、興趣）降低，減低

例 熱を冷ます。

譯 退燒。

05 | しゅじゅつ【手術】

(名·他サ) 手術

例 手術して治す。

譯 進行手術治療。

06 | しょうじょう【症状】

(名) 症狀

例 どんな症状か医者に説明する。

譯 告訴醫師有哪些症狀。

07 | じょうたい【状態】

(名) 狀態，情況

例 手術後の状態はとてもいいです。

譯 手術後狀況良好。

08 ダウン【down】

(名·自他サ) 下，倒下，向下，落下；下降，減退；(棒)出局；(拳擊)擊倒

例 風邪(かぜ)でダウンする。

譯 因感冒而倒下。

---

09 ちりょう【治療】

(名·他サ) 治療，醫療，醫治

例 治療計画(ちりょうけいかく)が決(き)まった。

譯 決定治療計畫。

---

10 なおす【治す】

(他五) 醫治，治療

例 虫歯(むしば)を治(なお)す。

譯 治療蛀牙。

---

11 ぼう【防】

(漢造) 防備，防止；堤防

例 予防(よぼう)は治療(ちりょう)に勝(か)つ。

譯 預防勝於治療。

---

12 ほうたい【包帯】

(名·他サ) (醫)繃帶

例 包帯(ほうたい)を換(か)える。

譯 更換包紮帶。

---

13 まく【巻く】

(自五·他五) 形成漩渦；喘不上氣來；捲；纏繞；上發條；捲起；包圍；(登山)迂迴繞過險處；(連歌，俳諧)連吟

例 足(あし)に包帯(ほうたい)を巻(ま)く。

譯 腳用繃帶包紮。

---

14 みる【診る】

(他上一) 診察

例 患者(かんじゃ)を診(み)る。

譯 看診。

---

15 よぼう【予防】

(名·他サ) 預防

例 病気(びょうき)は予防(よぼう)が大切(たいせつ)だ。

譯 預防疾病非常重要。

6-6 体の器官の働き／身體器官功能

N3 ◉ 6-6

01 | くさい【臭い】

㊒ 臭

例 臭(くさ)い匂(にお)いがする。

譯 有臭味。

02 | けつえき【血液】

㊔ 血，血液

例 血液(けつえき)を採(と)る。

譯 抽血。

03 | こぼれる【零れる】

(自下一) 灑落，流出；溢出，漾出；(花)掉落

例 涙(なみだ)が零(こぼ)れる。

譯 灑淚。

04 | さそう【誘う】

(他五) 約，邀請；勸誘，會同；誘惑，勾引；引誘，引起

例 涙(なみだ)を誘(さそ)う。

譯 引人落淚。

05 | なみだ【涙】

㊔ 涙，眼淚；哭泣；同情

例 涙(なみだ)があふれる。

譯 淚如泉湧。

06 | ふくむ【含む】

(他五・自四) 含(在嘴裡)；帶有，包含；瞭解，知道；含蓄；懷(恨)；鼓起；(花)含苞

例 目(め)に涙(なみだ)を含(ふく)む。

譯 眼裡含淚。

パート 7

人物

- 人物 -

7-1 人物、老若男女／人物、男女老少

N3 ◎ 7-1

01 | あらわす【現す】

(他五) 現，顯現，顯露

例 彼(かれ)が姿(すがた)を現(あらわ)す。

譯 他露了臉。

02 | しょうじょ【少女】

(名) 少女，小姑娘

例 少女(しょうじょ)のころは漫画家(まんがか)を目指(めざ)していた。

譯 少女時代曾以當漫畫家為目標。

03 | しょうねん【少年】

(名) 少年

例 少年(しょうねん)の頃(ころ)に戻(もど)る。

譯 回到年少時期。

04 | せいじん【成人】

(名·自サ) 成年人；成長，(長大)成人

例 成人(せいじん)して働(はたら)きに出(で)る。

譯 長大後外出工作。

05 | せいねん【青年】

(名) 青年，年輕人

例 息子(むすこ)は立派(りっぱ)な青年(せいねん)になった。

譯 兒子成為一個優秀的好青年了。

06 | ちゅうこうねん【中高年】

(名) 中年和老年，中老年

例 中高年(ちゅうこうねん)に人気(にんき)だ。

譯 受到中高年齡層觀眾的喜愛。

07 | ちゅうねん【中年】

(名) 中年

例 中年(ちゅうねん)になった。

譯 已經是中年人了。

08 | としうえ【年上】

名 年長，年歲大(的人)

例 年上(としうえ)の人(ひと)に敬語(けいご)を使(つか)う。

譯 對長輩要使用敬語。

09 | としより【年寄り】

名 老人；(史)重臣，家老；(史)村長；(史)女管家；(相撲)退休的力士，顧問

例 お年寄(としよ)りに席(せき)を譲(ゆず)った。

譯 讓了座給長輩。

10 | ミス【Miss】

名 小姐，姑娘

例 ミス日本(にほん)に輝(かがや)いた。

譯 榮獲為日本小姐。

11 | めうえ【目上】

名 上司；長輩

例 目上(めうえ)の人(ひと)を立(た)てる。

譯 尊敬長輩。

12 | ろうじん【老人】

名 老人，老年人

例 老人(ろうじん)になる。

譯 老了。

13 | わかもの【若者】

名 年輕人，青年

例 若者(わかもの)たちの間(あいだ)で有名(ゆうめい)になった。

譯 在年輕人間頗負盛名。

7-2 いろいろな人を表すことば／各種人物的稱呼

N3 ◎ 7-2

01 | アマチュア【amateur】

名 業餘愛好者；外行

例 アマチュア選手(せんしゅ)もレベルが高(たか)い。

譯 業餘選手的水準也很高。

02 | いもうとさん【妹さん】

㊔ 妹妹，令妹（「妹」的鄭重說法）

例 妹(いもうと)さんはおいくつですか。

譯 你妹妹多大年紀？

03 | おまごさん【お孫さん】

㊔ 孫子，孫女，令孫（「孫」的鄭重說法）

例 お孫(まご)さんは何人(なんにん)いますか。

譯 您孫子（女）有幾位？

04 | か【家】

漢造 家庭；家族；專家

例 芸術(げいじゅつ)家(か)になって食(た)べていく。

譯 當藝術家餬口過日。

05 | グループ【group】

㊔ （共同行動的）集團，夥伴；組，幫，群

例 グループを作(つく)る。

譯 分組。

06 | こいびと【恋人】

㊔ 情人，意中人

例 恋人(こいびと)ができた。

譯 有了情人。

07 | こうはい【後輩】

㊔ 後來的同事，（同一學校）後班生；晚輩，後生

例 後輩(こうはい)を叱(しか)る。

譯 責罵後生晚輩。

08 | こうれいしゃ【高齢者】

㊔ 高齡者，年高者

例 高齢者(こうれいしゃ)の人数(にんずう)が増(ふ)える。

譯 高齡人口不斷增加。

09 | こじん【個人】

㊔ 個人

例 個人的(こじんてき)な問題(もんだい)になる。

譯 成為私人的問題。

10 | しじん【詩人】

㊔ 詩人

例 詩人（しじん）になる。

譯 成為詩人。

11 | しゃ【者】

(漢造) 者，人；(特定的) 事物，場所

例 けが人（にん）はいるが、死亡者（しぼうしゃ）はいない。

譯 雖然有人受傷，但沒有人死亡。

12 | しゅ【手】

(漢造) 手；親手；專家；有技藝或資格的人

例 助手（じょしゅ）を呼（よ）んでくる。

譯 請助手過來。

13 | しゅじん【主人】

㊔ 家長，一家之主；丈夫，外子；主人；東家，老闆，店主

例 お隣（となり）のご主人（しゅじん）はよく手伝（てつだ）ってくれる。

譯 鄰居的男主人經常幫我忙。

14 | じょ【女】

(名·漢造) (文) 女兒；女人，婦女

例 かわいい少女（しょうじょ）を見（み）た。

譯 看見一位可愛的少女。

15 | しょくにん【職人】

㊔ 工匠

例 職人（しょくにん）になる。

譯 成為工匠。

16 | しりあい【知り合い】

㊔ 熟人，朋友

例 知（し）り合（あ）いになる。

譯 相識。

17 | スター【star】

㊔ (影劇) 明星，主角；星狀物，星

例 スーパースターになる。

譯 成為超級巨星。

18 | だん
【団】

漢造 團，員團；團體

だんたい　りょこう　い
例 団体で旅行へ行く。

譯 跟團旅行。

---

19 | だんたい
【団体】

名 團體，集體

だんたい　うご
例 団体で動く。

譯 團體行動。

---

20 | ちょう
【長】

名·漢造 長，首領；長輩；長處

いっか　ちょう　がんば
例 一家の長として頑張る。

譯 以身為一家之主而努力。

---

21 | どくしん
【独身】

名 單身

どくしん　せいかつ　たの
例 独身の生活を楽しむ。

譯 享受單身生活。

---

22 | どの
【殿】

接尾 （前接姓名等）表示尊重（書信用，多用於公文）

かいちょうどの　み
例 PTA会長殿がお見えになりました。

譯 家長教師會會長蒞臨了。

---

23 | ベテラン
【veteran】

名 老手，內行

せんしゅ
例 ベテラン選手がやめる。

譯 老將辭去了。

---

24 | ボランティア
【volunteer】

名 志願者，志工

どうろ　ひろ
例 ボランティアで道路のごみ拾いをしている。

譯 義務撿拾馬路上的垃圾。

---

25 | ほんにん
【本人】

名 本人

ほんにん　あらわ
例 本人が現れた。

譯 當事人現身了。

26 | **むすこさん**
【息子さん】

㊔(尊稱他人的)令郎

例 息子(むすこ)さんのお名前(なまえ)は。

譯 請教令郎的大名是?

27 | **やぬし**
【家主】

㊔房東，房主；戶主

例 家主(やぬし)に家賃(やちん)を払(はら)う。

譯 付房東房租。

28 | **ゆうじん**
【友人】

㊔友人，朋友

例 友人(ゆうじん)と付(つ)き合(あ)う。

譯 和友人交往。

29 | **ようじ**
【幼児】

㊔學齡前兒童，幼兒

例 幼児(ようじ)教育(きょういく)を研究(けんきゅう)する。

譯 研究幼兒教育。

30 | **ら**
【等】

接尾 (表示複數)們；(同類型的人或物)等

例 君(きみ)らは何年生(なんねんせい)。

譯 你們是幾年級?

31 | **リーダー**
【leader】

㊔領袖，指導者，隊長

例 登山隊(とざんたい)のリーダーになる。

譯 成為登山隊的領隊。

7-3 容姿／姿容

N3 7-3

01 | **イメージ**
【image】

㊔影像，形象，印象

例 イメージが変(か)わった。

譯 變得跟印象中不同了。

02 | おしゃれ【お洒落】

(名·形動) 打扮漂亮，愛漂亮的人

例 お洒落(しゃれ)をする。

譯 打扮。

03 | かっこういい【格好いい】

(連語·形) (俗)真棒，真帥，酷(口語用「かっこいい」)

例 かっこういい人(ひと)が苦手(にがて)だ。

譯 在帥哥面前我往往會不知所措。

04 | けしょう【化粧】

(名·自サ) 化妝，打扮；修飾，裝飾，裝潢

例 化粧(けしょう)を直(なお)す。

譯 補妝。

05 | そっくり

(形動·副) 一模一樣，極其相似；全部，完全，原封不動

例 私(わたし)と母(はは)はそっくりだ。

譯 我和媽媽長得幾乎一模一樣。

06 | にあう【似合う】

(自五) 合適，相稱，調和

例 君(きみ)によく似合(にあ)う。

譯 很適合你。

07 | はで【派手】

(名·形動) (服裝等)鮮艷的，華麗的；(為引人注目而動作)誇張，做作

例 派手(はで)な服(ふく)を着(き)る。

譯 穿華麗的衣服。

08 | びじん【美人】

(名) 美人，美女

例 やっぱり美人(びじん)は得(とく)だね。

譯 果然美女就是佔便宜。

7-4 態度、性格／態度、性格

N3 7-4

01 あわてる【慌てる】

(自下一) 驚慌，急急忙忙，匆忙，不穩定

例 慌(あわ)てて逃(に)げる。

譯 驚慌逃走。

02 いじわる【意地悪】

(名·形動) 使壞，刁難，作弄

例 意地悪(いじわる)な人(ひと)に苦(くる)しめられている。

譯 被壞心眼的人所苦。

03 いたずら【悪戯】

(名·形動) 淘氣，惡作劇；玩笑，消遣

例 いたずらがすぎる。

譯 惡作劇過度。

04 いらいら【苛々】

(名·副·他サ) 情緒急躁、不安；焦急，急躁

例 連絡(れんらく)がとれずいらいらする。

譯 聯絡不到對方焦躁不安。

05 うっかり

(副·自サ) 不注意，不留神；發呆，茫然

例 うっかりと秘密(ひみつ)をしゃべる。

譯 不小心把秘密說出來。

06 おじぎ【お辞儀】

(名·自サ) 行禮，鞠躬，敬禮；客氣

例 お辞儀(じぎ)をする。

譯 行禮。

07 おとなしい【大人しい】

(形) 老實，溫順；(顏色等)樸素，雅致

例 おとなしい娘(むすめ)がいい。

譯 我喜歡溫順的女孩。

08｜かたい【固い・硬い・堅い】

㊎ 硬的，堅固的；堅決的；生硬的；嚴謹的，頑固的；一定，包准；可靠的

例 頭(あたま)が固(かた)い。

譯 死腦筋。

09｜きちんと

㊞ 整齊，乾乾淨淨；恰好，洽當；如期，準時；好好地，牢牢地

例 沢山(たくさん)の本(ほん)をきちんと片付(かたづ)けた。

譯 把一堆書收拾得整整齊齊的。

10｜けいい【敬意】

㊔ 尊敬對方的心情，敬意

例 敬意(けいい)を表(ひょう)する。

譯 表達敬意。

11｜けち

(名·形動) 吝嗇、小氣(的人)；卑賤，簡陋，心胸狹窄，不值錢

例 けちな性格(せいかく)になる。

譯 變成小氣的人。

12｜しょうきょくてき【消極的】

(形動) 消極的

例 消極的(しょうきょくてき)な態度(たいど)をとる。

譯 採取消極的態度。

13｜しょうじき【正直】

(名·形動·副) 正直，老實

例 正直(しょうじき)な人(ひと)が得(とく)をする。

譯 正直的人好處多多。

14｜せいかく【性格】

㊔ (人的)性格，性情；(事物的)性質，特性

例 性格(せいかく)が悪(わる)い。

譯 性格惡劣。

15｜せいしつ【性質】

㊔ 性格，性情；(事物)性質，特性

例 性質(せいしつ)がよい。

譯 性質很好。

16 | **せっきょくてき【積極的】**

(形動) 積極的

例 積極的(せっきょくてき)に仕事(しごと)を探(さが)す。

譯 積極地找工作。

---

17 | **そっと**

(副) 悄悄地，安靜的；輕輕的；偷偷地；照原樣不動的

例 そっと教(おし)えてくれた。

譯 偷偷地告訴了我。

---

18 | **たいど【態度】**

(名) 態度，表現；舉止，神情，作風

例 態度(たいど)が悪(わる)い。

譯 態度惡劣。

---

19 | **つう【通】**

(名·形動·接尾·漢造) 精通，內行，專家；通曉人情世故，通情達理；暢通；(助數詞)封，件，紙；穿過；往返；告知；貫徹始終

例 彼(かれ)は日本通(にほんつう)だ。

譯 他是個日本通。

---

20 | **どりょく【努力】**

(名·自サ) 努力

例 努力(どりょく)が結果(けっか)につながる。

譯 因努力而取得成果。

---

21 | **なやむ【悩む】**

(自五) 煩惱，苦惱，憂愁；感到痛苦

例 進路(しんろ)のことで悩(なや)んでいる。

譯 煩惱不知道以後做什麼好。

---

22 | **にがて【苦手】**

(名·形動) 棘手的人或事；不擅長的事物

例 勉強(べんきょう)が苦手(にがて)だ。

譯 不喜歡讀書。

---

23 | **のうりょく【能力】**

(名) 能力；(法)行為能力

例 能力(のうりょく)を伸(の)ばす。

譯 施展才能。

24 ばか
【馬鹿】

(名·接頭) 愚蠢，糊塗

例 ばかなまねはするな。

譯 別做傻事。

25 はっきり

(副·自サ) 清楚；直接了當

例 はっきり言(い)いすぎた。

譯 說得太露骨了。

26 ぶり
【振り】

(造語) 樣子，狀態

例 勉強(べんきょう)振(ぶ)りを評価(ひょうか)する。

譯 對學習狀況給予評價。

27 やるき
【やる気】

(名) 幹勁，想做的念頭

例 やる気(き)はある。

譯 幹勁十足。

28 ゆうしゅう
【優秀】

(名·形動) 優秀

例 優秀(ゆうしゅう)な人材(じんざい)を得(え)る。

譯 獲得優秀的人才。

29 よう
【様】

(造語·漢造) 樣子，方式；風格；形狀

例 彼(かれ)の様子(ようす)がおかしい。

譯 他的樣子有些怪異。

30 らんぼう
【乱暴】

(名·形動·自サ) 粗暴，粗魯；蠻橫，不講理；胡來，胡亂，亂打人

例 言(い)い方(かた)が乱暴(らんぼう)だ。

譯 說話方式很粗魯。

31 わがまま

(名·形動) 任性，放肆，肆意

例 わがままを言(い)う。

譯 說任性的話。

7-5 人間関係／人際關係

01 | あいて【相手】

名 夥伴，共事者；對方，敵手；對象

例 テニスの相手(あいて)をする。

譯 做打網球的對手。

02 | あわせる【合わせる】

他下一 合併；核對，對照；加在一起，混合；配合，調合

例 力(ちから)を合(あ)わせる。

譯 聯手，合力。

03 | おたがい【お互い】

名 彼此，互相

例 お互(たが)いに頑張(がんば)ろう。

譯 彼此加油吧！

04 | カップル【couple】

名 一對，一對男女，一對情人，一對夫婦

例 お似合(にあ)いなカップルですね。

譯 真是相配的一對啊！

05 | きょうつう【共通】

名·形動·自サ 共同，通用

例 共通(きょうつう)の趣味(しゅみ)がある。

譯 有同樣的嗜好。

06 | きょうりょく【協力】

名·自サ 協力，合作，共同努力，配合

例 みんなで協力(きょうりょく)する。

譯 大家通力合作。

07 | コミュニケーション【communication】

名 （語言、思想、精神上的）交流，溝通；通訊，報導，信息

例 コミュニケーションを大切(たいせつ)にする。

譯 注重溝通。

08 | **しだしい【親しい】**

㊋（血緣）近；親近，親密；不稀奇

例 親(した)しい友達(ともだち)になる。

譯 成為密友。

09 | **すれちがう【擦れ違う】**

自五 交錯，錯過去；不一致，不吻合，互相分歧；錯車

例 彼女(かのじょ)と擦(す)れ違(ちが)った。

譯 與她擦身而過。

10 | **たがい【互い】**

名·形動 互相，彼此；雙方；彼此相同

例 互(たが)いに協力(きょうりょく)する。

譯 互相協助。

11 | **たすける【助ける】**

他下一 幫助，援助；救，救助；輔佐；救濟，資助

例 命(いのち)を助(たす)ける。

譯 救人一命。

12 | **ちかづける【近付ける】**

他五 使…接近，使…靠近

例 人(ひと)との関係(かんけい)を近(ちか)づける。

譯 與人的關係更緊密。

13 | **ちょくせつ【直接】**

名·副·自サ 直接

例 会(あ)って直接話(ちょくせつはな)す。

譯 見面直接談。

14 | **つきあう【付き合う】**

自五 交際，往來；陪伴，奉陪，應酬

例 彼女(かのじょ)と付(つ)き合(あ)う。

譯 與她交往。

15 | **デート【date】**

名·自サ 日期，年月日；約會，幽會

例 私(わたし)とデートする。

譯 跟我約會。

16 | であう
【出会う】

(自五) 遇見，碰見，偶遇；約會，幽會；(顏色等)協調，相稱

例 彼女に出会った。

譯 與她相遇了。

17 | なか
【仲】

(名) 交情；(人和人之間的)聯繫

例 あの二人は仲がいい。

譯 那兩位交情很好。

18 | パートナー
【partner】

(名) 伙伴，合作者，合夥人；舞伴

例 いいパートナーになる。

譯 成為很好的工作伙伴。

19 | はなしあう
【話し合う】

(自五) 對話，談話；商量，協商，談判

例 楽しく話し合う。

譯 相談甚歡。

20 | みおくり
【見送り】

(名) 送行；靜觀，觀望；(棒球)放著好球不打

例 盛大な見送りを受けた。

譯 獲得盛大的送行。

21 | みおくる
【見送る】

(他五) 目送；送行，送別；送終；觀望，等待(機會)

例 姉を見送る。

譯 目送姐姐。

22 | みかた
【味方】

(名·自サ) 我方，自己的這一方；夥伴

例 いつも君の味方だ。

譯 我永遠站在你這邊。

活用句庫

例 社長室の壁には、バレエを踊る少女の絵が掛かっています。	社長辦公室的牆壁上，掛著一幅芭蕾舞少女的畫。
例 あの子はあんな派手な格好をしているけど、仕事はすごく真面目ですよ。	她雖然打扮得很浮誇，但是工作起來非常認真哦！
例 あなたは化粧などしなくても、そのままで十分きれいです。	妳根本不必化妝，現在這樣就已經很漂亮了。

練 習

I [a ～ e]の中から適当な言葉を選んで、(　　)に入れなさい。

a. 年上	b. 姪	c. 中年	d. 若者	e. 美人

❶ あのプロ野球選手は、５歳(　　　　　　)の女性と結婚しました。

❷ 高校生などの(　　　　　　)たちに人気のあの漫画が、ついに映画になりました。

❸ まあ、可愛い。この子は大人になったらきっと(　　　　　　)になるわね。

❹ お正月に姉の家族がやって来たので、(　　　　　　)にお年玉をあげました。

II [a ～ e]の中から適当な言葉を選んで、(　　)に入れなさい。

a. 名字	b. 目上	c. いとこ	d. 年寄り	e. 少年

❶ お(　　　　　　)に優しい社会は、みんなに優しい社会です。

❷ 小学生の頃、夏には伯父の家に泊まりに行って、(　　　　　　)と一緒に遊んだものです。

❸ 日本で最も人口が多い(　　　　　　)は「佐藤」です。

❹「ご苦労様」は(　　　　　　)の人に使ったら失礼になりますよ。

ANS:

I ① a ② d ③ e ④ b

II ① d ② c ③ a ④ b

パート
8

親族

- 親屬 -

01 | いったい【一体】

(名·副) 一體，同心合力；一種體裁；根本，本來；大致上；到底，究竟

例 夫婦一体となって働く。

譯 夫妻同心協力工作。

02 | いとこ【従兄弟・従姉妹】

(名) 堂表兄弟姊妹

例 従兄弟同士仲がいい。

譯 堂表兄弟姊妹感情良好。

03 | け【家】

(接尾) 家，家族

例 将軍家の生活を紹介する。

譯 介紹將軍一家（普通指德川一家）的生活狀況。

04 | だい【代】

(名·漢造) 代，輩；一生，一世；代價

例 代がかわる。

譯 世代交替。

05 | ちょうじょ【長女】

(名) 長女，大女兒

例 長女が生まれる。

譯 長女出生。

06 | ちょうなん【長男】

(名) 長子，大兒子

例 長男が生まれる。

譯 長男出生。

07 | ふうふ【夫婦】

(名) 夫婦，夫妻

例 夫婦になる。

譯 成為夫妻。

08 | まご【孫】

(名·造語) 孫子；隔代，間接

例 孫ができた。

譯 抱孫子了。

09 | みょうじ
【名字・苗字】

㊔ 姓，姓氏
例 結婚(けっこん)して名字(みょうじ)が変(か)わる。
譯 結婚後更改姓氏。

10 | めい
【姪】

㊔ 姪女，外甥女
例 今日(きょう)は姪(めい)の誕生日(たんじょうび)だ。
譯 今天是姪子的生日。

11 | もち
【持ち】

(接尾) 負擔，持有，持久性
例 彼(かれ)は妻子持(さいしも)ちだ。
譯 他有家室。

12 | ゆらす
【揺らす】

(他五) 搖擺，搖動
例 揺(ゆ)りかごを揺(ゆ)らす。
譯 推晃搖籃。

13 | りこん
【離婚】

(名·自サ) (法)離婚
例 二人(ふたり)は離婚(りこん)した。
譯 兩個人離婚了。

活用句庫

例 趙さんは日本語は下手だが、コミュニケーション能力はすごいです。	趙先生的日語雖然不太行，但他的溝通能力很強。
例 今日は彼女とデートなので、お先に失礼します。	我今天要和女朋友約會，所以先告辭了。
例 進学は君一人の問題じゃないから、ご両親とよく話し合いなさい。	升學不是你一個人的問題，請好好和父母親討論。

練　習

I [a ～ e]の中から適当な言葉を選んで、(　　)に入れなさい。

a. デート　b. 味方　c. 仲　d. カップル　e. 相手

❶ 実は、1回目の(　　　　　)より2回目のほうが大事なんですよ。

❷ こちらがご夫婦や(　　　　　)にお薦めの国内旅行プランです。

❸ お父さんやお母さんに叱られた時、おばあちゃんはいつも僕の(　　　　　)をしてくれました。

❹ 中学生の時は、(　　　　　)のいい友達があまりいませんでした。

II [a ～ e]の中から適当な言葉を選んで、(　　)に入れなさい。

a. 互い　b. パートナー　c. 協力　d. 共通　e. 見送り

❶ 外国で会社を作る時、良い(　　　　　)を見つけられるかどうかが成功の鍵です。

❷ いくら好きでも、(　　　　　)の趣味がないと長く続きません。

❸ お祭りが終わった後、みんなで(　　　　　)をしてごみを集めました。

❹ 友人の(　　　　　)に、入場券を買って駅のホームまで行きました。

ANS:

I ①a ②d ③b ④c

II ①b ②d ③c ④e

パート
9

動物

- 動物 -

01 | うし【牛】

㊔ 牛

例 牛(うし)を飼(か)う。

譯 養牛。

02 | うま【馬】

㊔ 馬

例 馬(うま)に乗(の)る。

譯 騎馬。

03 | かう【飼う】

(他五) 飼養（動物等）

例 豚(ぶた)を飼(か)う。

譯 養豬。

04 | せいぶつ【生物】

㊔ 生物

例 生物(せいぶつ)がいる。

譯 有生物生存。

05 | とう【頭】

(接尾)（牛、馬等）頭

例 動物園(どうぶつえん)には牛(うし)が一頭(いっとう)いる。

譯 動物園有一隻牛。

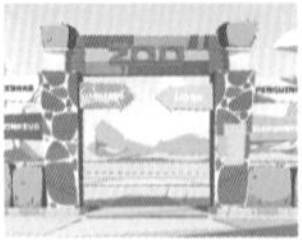

06 | わ【羽】

(接尾)（數鳥或兔子）隻

例 鶏(にわとり)が一羽(いちわ)いる。

譯 有一隻雞。

パート 10

植物

- 植物 -

01 | さくら【桜】

㊔ (植)櫻花，櫻花樹；淡紅色

例 桜(さくら)が咲(さ)く。

譯 櫻花開了。

02 | そば【蕎麦】

㊔ 蕎麥；蕎麥麵

例 蕎麦(そば)を植(う)える。

譯 種植蕎麥。

03 | はえる【生える】

(自下一) (草，木)等生長

例 雑草(ざっそう)が生(は)えてきた。

譯 雜草長出來了。

04 | ひょうほん【標本】

㊔ 標本；(統計)樣本；典型

例 植物(しょくぶつ)の標本(ひょうほん)を作(つく)る。

譯 製作植物的標本。

05 | ひらく【開く】

(自五·他五) 綻放；開，拉開

例 花(はな)が開(ひら)く。

譯 花兒綻放開來。

06 | フルーツ【fruits】

㊔ 水果

例 フルーツジュースをよく飲(の)んでいる。

譯 我常喝果汁。

パート
11

物質

- 物質 -

11-1 物、物質／物、物質

N3 ◉ 11-1

01 | かがくはんのう【化学反応】

㊔ 化學反應

例 化学反応が起こる。

譯 起化學反應。

02 | こおり【氷】

㊔ 冰

例 氷が溶ける。

譯 冰融化。

03 | ダイヤモンド【diamond】

㊔ 鑽石

例 ダイヤモンドを買う。

譯 買鑽石。

04 | とかす【溶かす】

(他五) 溶解，化開，溶入

例 完全に溶かす。

譯 完全溶解。

05 | はい【灰】

㊔ 灰

例 タバコの灰が飛んできた。

譯 煙灰飄過來了。

06 | リサイクル【recycle】

(名·サ変) 回收，(廢物)再利用

例 牛乳パックをリサイクルする。

譯 回收牛奶盒。

11-2 エネルギー、燃料／能源、燃料

N3 ◎ 11-2

01 | エネルギー【(德) energie】

名 能量，能源，精力，氣力

例 エネルギーが不足(ふそく)する。

譯 能源不足。

02 | かわる【替わる】

自五 更換，交替

例 石油(せきゆ)に替(か)わる燃料(ねんりょう)を作(つく)る。

譯 製作替代石油的燃料。

03 | けむり【煙】

名 煙

例 工場(こうじょう)から煙(けむり)が出(で)ている。

譯 煙正從工廠冒出來。

04 | しげん【資源】

名 資源

例 資源(しげん)が少(すく)ない。

譯 資源不足。

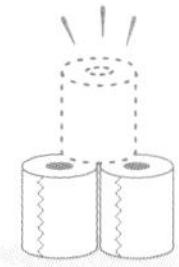

05 | もやす【燃やす】

他五 燃燒；(把某種情感)燃燒起來，激起

例 落(お)ち葉(ば)を燃(も)やす。

譯 燒落葉。

11-3 原料、材料／原料、材料

N3 ◎ 11-3

01 | あさ【麻】

名 (植物)麻，大麻；麻紗，麻布，麻纖維

例 麻(あさ)の布(ぬの)で拭(ふ)く。

譯 用麻布擦拭。

02 | ウール
【wool】

名 羊毛，毛線，毛織品

例 ウールのセーターを出す。

譯 取出毛料的毛衣。

03 | きれる
【切れる】

自下一 斷；用盡

例 糸が切れる。

譯 線斷掉。

04 | コットン
【cotton】

名 棉，棉花；木棉，棉織品

例 下着はコットンしか着られない。

譯 內衣只能穿純棉製品。

05 | しつ
【質】

名 質量；品質，素質；質地，實質；抵押品；真誠，樸實

例 質がいい。

譯 品質良好。

06 | シルク
【silk】

名 絲，絲綢；生絲

例 シルクのドレスを買った。

譯 買了一件絲綢的洋裝。

07 | てっこう
【鉄鋼】

名 鋼鐵

例 鉄鋼業が盛んだ。

譯 鋼鐵業興盛。

08 | ビニール
【vinyl】

名 (化)乙烯基；乙烯基樹脂；塑膠

例 野菜をビニール袋に入れた。

譯 把蔬菜放進了塑膠袋裡。

09 | プラスチック
【plastic・plastics】

名 (化)塑膠，塑料

例 プラスチック製の車を発表する。

譯 發表塑膠製的車子。

10 | **ポリエステル【polyethy lene】**

㊔（化學）聚乙稀，人工纖維

例 ポリエステルの服(ふく)を洗濯機(せんたくき)に入(い)れる。

譯 把人造纖維的衣服放入洗衣機。

11 | **めん【綿】**

名·漢造 棉，棉線；棉織品；綿長；詳盡；棉，棉花

例 綿(めん)のシャツを着(き)る。

譯 穿棉襯衫。

活用句庫

例 ダイヤモンドには、青や赤など色の付いたものもあります。
鑽石之中還包括帶有藍色、紅色等顏色的種類。

例 紙袋やお菓子の箱も大切な資源です。リサイクルしましょう。
紙袋和糖果盒也都是重要的資源。拿去資源回收吧！

例 このワンピースは、綿に麻が 20 パーセント入っています。
這件洋裝的棉料含有 20% 的麻纖維。

練　習

I [a ～ e]の中から適当な言葉を選んで、(　　)に入れなさい。

a. 麻　b. 灰　c. 煙　d. 氷　e. 紐

❶「あ、熱い！ やけどしたかも…。」「それは大変です。すぐに (　　　　　) で冷やしなさい。」

❷ (　　　　　) の生地のシャツは春から夏にかけて活躍しますが、洗濯が面倒です。

❸ 前の車の人、ひどいわねえ。煙草の (　　　　　) を窓から落としているわよ。

❹ 何か焼いているのを忘れていませんか。キッチンから (　　　　　) が出ていますよ。

II [a ～ e]の中から適当な言葉を選んで、(　　)に入れなさい。

a. コットン　b. ファスナー　c. リサイクル　d. ビニール　e. エネルギー

❶ (　　　　　) は夏は涼しくて冬は暖かく、肌にも優しい生地です。

❷ 省 (　　　　　) のために、クーラーの温度は 28 度にしましょう。

❸ 台風から半年が過ぎたが、屋根にまだ青い (　　　　　) シートをかけたままの家も多いです。

❹ ビールなどの缶は (　　　　　) の割合が高く、100 パーセントに近づいています。

ANS:
I ①d ②a ③b ④c
II ①a ②e ③d ④c

パート 12

天体、気象

- 天體、氣象 -

12-1 天体、気象、気候／天體、氣象、氣候

N3 12-1

01 あたる【当たる】

(自五·他五) 碰撞；擊中；合適；太陽照射；取暖，吹(風)；接觸；(大致)位於；當…時候；(粗暴)對待

例 日が当たる。

譯 陽光照射。

02 いじょうきしょう【異常気象】

(名) 氣候異常

例 異常気象が続いている。

譯 氣候異常正持續著。

03 いんりょく【引力】

(名) 物體互相吸引的力量

例 引力が働く。

譯 引力產生作用。

04 おんど【温度】

(名) (空氣等)溫度，熱度

例 温度が下がる。

譯 溫度下降。

05 くれ【暮れ】

(名) 日暮，傍晚；季末，年末

例 日の暮れが早くなる。

譯 日落得早。

06 しっけ【湿気】

(名) 濕氣

例 部屋の湿気が酷い。

譯 房間濕氣非常嚴重。

07 しつど【湿度】

(名) 濕度

例 湿度が高い。

譯 濕度很高。

08 | たいよう【太陽】

名 太陽

例 太陽(たいよう)の光(ひかり)を浴(あ)びる。

譯 沐浴在陽光下。

09 | ちきゅう【地球】

名 地球

例 地球(ちきゅう)は46億年前(おくねんまえ)に誕生(たんじょう)した。

譯 地球誕生於46億年前。

10 | つゆ【梅雨】

名 梅雨；梅雨季

例 梅雨(つゆ)が明(あ)ける。

譯 梅雨期結束。

11 | のぼる【昇る】

自五 上升

例 太陽(たいよう)が昇(のぼ)る。

譯 太陽升起。

12 | ふかまる【深まる】

自五 加深，變深

例 秋(あき)が深(ふか)まる。

譯 秋深。

13 | まっくら【真っ暗】

名·形動 漆黑；(前途)黯淡

例 真(ま)っ暗(くら)になる。

譯 變得漆黑。

14 | まぶしい【眩しい】

形 耀眼，刺眼的；華麗奪目的，鮮豔的，刺目

例 太陽(たいよう)が眩(まぶ)しかった。

譯 太陽很刺眼。

15 | むしあつい【蒸し暑い】

形 悶熱的

例 昼間(ひるま)は蒸(む)し暑(あつ)い。

譯 白天很悶熱。

16 | よ
【夜】

㊔ 夜、夜晚

例 夏(なつ)の夜(よ)は短(みじか)い。

譯 夏夜很短。

12-2 さまざまな自然現象／各種自然現象

N3 ● 12-2

01 | うまる
【埋まる】

自五 被埋上；填滿，堵住；彌補，補齊

例 雪(ゆき)に埋(う)まる。

譯 被雪覆蓋住。

02 | かび

㊔ 霉

例 かびが生(は)える。

譯 發霉。

03 | かわく
【乾く】

自五 乾，乾燥

例 土(つち)が乾(かわ)く。

譯 地面乾。

04 | すいてき
【水滴】

㊔ 水滴；(注水研墨用的)硯水壺

例 水滴(すいてき)が落(お)ちた。

譯 水滴落下來。

05 | たえず
【絶えず】

副 不斷地，經常地，不停地，連續

例 絶(た)えず水(みず)が流(なが)れる。

譯 水源源不絕流出。

06 | ちらす
【散らす】

他五·接尾 把…分散開，驅散；吹散，灑散；散佈，傳播；消腫

例 火花(ひばな)を散(ち)らす。

譯 吹散煙火。

07 | ちる【散る】

自五 凋謝，散漫，落；離散，分散；遍佈；消腫；渙散

例 桜(さくら)が散(ち)った。

譯 櫻花飄落了。

08 | つもる【積もる】

自五·他五 積，堆積；累積；估計；計算；推測

例 雪(ゆき)が積(つ)もる。

譯 積雪。

09 | つよまる【強まる】

自五 強起來，加強，增強

例 風(かぜ)が強(つよ)まった。

譯 風勢逐漸增強。

10 | とく【溶く】

他五 溶解，化開，溶入

例 お湯(ゆ)に溶(と)く。

譯 用熱開水沖泡。

11 | とける【溶ける】

自下一 溶解，融化

例 水(みず)に溶(と)けません。

譯 不溶於水。

12 | ながす【流す】

他五 使流動，沖走；使漂走；流（出）；放逐；使流產；傳播；洗掉（汙垢）；不放在心上

例 水(みず)を流(なが)す。

譯 沖水。

13 | ながれる【流れる】

自下一 流動；漂流；飄動；傳布；流逝；流浪；（壞的）傾向；流產；作罷；偏離目標；瀰漫；降落

例 汗(あせ)が流(なが)れる。

譯 流汗。

14 | なる【鳴る】

自五 響，叫；聞名

例 ベルが鳴(な)る。

譯 鈴聲響起。

15 **はずれる【外れる】**

(自下一) 脫落，掉下；(希望)落空，不合(道理)；離開(某一範圍)

例 ボタンが外(はず)れる。

譯 鈕釦脫落。

16 **はる【張る】**

(自五·他五) 延伸，伸展；覆蓋；膨脹，負擔過重；展平，擴張；設置，布置

例 池(いけ)に氷(こおり)が張(は)る。

譯 池塘都結了一層薄冰。

17 **ひがい【被害】**

(名) 受害，損失

例 被害(ひがい)がひどい。

譯 受災嚴重。

18 **まわり【回り】**

(名·接尾) 轉動；走訪，巡迴；周圍；周，圈

例 火(ひ)の回(まわ)りが速(はや)い。

譯 火蔓延得快。

19 **もえる【燃える】**

(自下一) 燃燒，起火；(轉)熱情洋溢，滿懷希望；(轉)顏色鮮明

例 怒(いか)りに燃(も)える。

譯 怒火中燒。

20 **やぶれる【破れる】**

(自下一) 破損，損傷；破壞，破裂，被打破；失敗

例 紙(かみ)が破(やぶ)れる。

譯 紙破了。

21 **ゆれる【揺れる】**

(自下一) 搖晃，搖動；躊躇

例 船(ふね)が揺(ゆ)れる。

譯 船在搖晃。

パート 13

地理、場所

- 地理、地方 -

13-1 地理／地理

N3 ◎ 13-1

01 あな【穴】

㊔ 孔，洞，窟窿；坑；穴，窩；礦井；藏匿處；缺點；虧空

例 穴(あな)に入(はい)る。

譯 鑽進洞裡。

02 きゅうりょう【丘陵】

㊔ 丘陵

例 丘陵(きゅうりょう)を歩(ある)く。

譯 走在山岡上。

03 こ【湖】

(接尾) 湖

例 琵琶湖(びわこ)に張(は)っていた氷(こおり)が溶(と)けた。

譯 在琵琶湖面上凍結的冰層融解了。

04 こう【港】

(漢造) 港口

例 神戸港(こうべこう)まで 30 分(ぷん)で着(つ)く。

譯 30分鐘就可以抵達神戶港。

05 こきょう【故郷】

㊔ 故鄉，家鄉，出生地

例 故郷(こきょう)を離(はな)れる。

譯 離開故鄉。

06 さか【坂】

㊔ 斜面，坡道；(比喻人生或工作的關鍵時刻)大關，陡坡

例 坂(さか)を上(のぼ)る。

譯 爬上坡。

07 さん【山】

(接尾) 山；寺院，寺院的山號

例 富士山(ふじさん)に登(のぼ)る。

譯 爬富士山。

08 | **しぜん【自然】**

(名·形動·副) 自然，天然；大自然，自然界；自然地

例 自然(しぜん)が豊(ゆた)かだ。

譯 擁有豐富的自然資源。

09 | **じばん【地盤】**

(名) 地基，地面；地盤，勢力範圍

例 地盤(じばん)が強(つよ)い。

譯 地基強固。

10 | **わん【湾】**

(名) 灣，海灣

例 東京湾(とうきょうわん)にもたくさんの魚(さかな)がいる。

譯 東京灣也有很多魚。

13-2 場所、空間／地方、空間

N3 13-2

01 | **あける【空ける】**

(他下一) 倒出，空出；騰出(時間)

例 会議室(かいぎしつ)を空(あ)ける。

譯 空出會議室。

02 | **くう【空】**

(名·形動·漢造) 空中，空間；空虛

例 空(くう)に消(き)える。

譯 消失在空中。

03 | **そこ【底】**

(名) 底，底子；最低處，限度；底層，深處；邊際，極限

例 海(うみ)の底(そこ)に沈(しず)んだ。

譯 沉入海底。

04 | **ちほう【地方】**

(名) 地方，地區；(相對首都與大城市而言的)地方，外地

例 地方(ちほう)から全国(ぜんこく)へ広(ひろ)がる。

譯 從地方蔓延到全國。

05 | どこか

(連語) 哪裡是，豈止，非但

例 どこか暖(あたた)かい国(くに)へ行(い)きたい。

譯 想去暖活的國家。

06 | はたけ【畑】

(名) 田地，旱田；專業的領域

例 畑(はたけ)の野菜(やさい)を採(と)る。

譯 採收田裡的蔬菜。

13-3 地域、範囲／地域、範圍

N3 ◎13-3

01 | あたり【辺り】

(名·造語) 附近，一帶；之類，左右

例 あたりを見回(みまわ)す。

譯 環視周圍。

02 | かこむ【囲む】

(他五) 圍上，包圍；圍攻

例 自然(しぜん)に囲(かこ)まれる。

譯 沐浴在大自然之中。

03 | かんきょう【環境】

(名) 環境

例 環境(かんきょう)が変(か)わる。

譯 環境改變。

04 | きこく【帰国】

(名·自サ) 回國，歸國；回到家鄉

例 夏(なつ)に帰国(きこく)する。

譯 夏天回國。

05 | きんじょ【近所】

(名) 附近，左近，近郊

例 近所(きんじょ)で工事(こうじ)が行(おこな)われる。

譯 這附近將會施工。

06 | コース【course】

名 路線，(前進的)路徑；跑道：課程，學程：程序：套餐

例 コースを変(か)える。

譯 改變路線。

07 | しゅう【州】

名 大陸，州

例 州(しゅう)によって法律(ほうりつ)が違(ちが)う。

譯 每一州的法律各自不同。

08 | しゅっしん【出身】

名 出生(地)，籍貫；出身；畢業於…

例 彼女(かのじょ)は東京(とうきょう)の出身(しゅっしん)だ。

譯 她出生於東京。

09 | しょ【所】

漢造 處所，地點；特定地

例 次(つぎ)の場所(ばしょ)へ行(い)く。

譯 前往到下一個地方。

10 | しょ【諸】

漢造 諸

例 欧米諸国(おうべいしょこく)を旅行(りょこう)する。

譯 旅行歐美各國。

11 | せけん【世間】

名 世上，社會上；世人；社會輿論；(交際活動的)範圍

例 世間(せけん)を広(ひろ)げる。

譯 交遊廣闊。

12 | ちか【地下】

名 地下;陰間;(政府或組織)地下，秘密(組織)

例 地下(ちか)に眠(ねむ)る。

譯 沉睡在地底下。

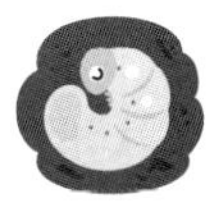

13 | ちく【地区】

名 地區

例 この地区(ちく)は古(ふる)い家(いえ)が残(のこ)っている。

譯 此地區留存著許多老房子。

14 | ちゅうしん【中心】

名 中心，當中；中心，重點，焦點；中心地，中心人物

例 Aを中心（ちゅうしん）とする。

譯 以A為中心。

15 | とうよう【東洋】

名 (地)亞洲；東洋，東方(亞洲東部和東南部的總稱)

例 東洋文化（とうようぶんか）を研究（けんきゅう）する。

譯 研究東洋文化。

16 | ところどころ【所々】

名 處處，各處，到處都是

例 所々（ところどころ）に間違（まちが）いがある。

譯 有些地方錯了。

17 | とし【都市】

名 都市，城市

例 東京（とうきょう）は日本（にほん）で一番大（いちばんおお）きい都市（とし）だ。

譯 東京是日本最大的都市。

18 | ない【内】

漢造 內，裡頭；家裡；內部

例 校内（こうない）で走（はし）るな。

譯 校內嚴禁奔跑。

19 | はなれる【離れる】

自下一 離開，分開；離去；距離，相隔；脫離(關係)，背離

例 故郷（こきょう）を離（はな）れる。

譯 離開家鄉。

20 | はんい【範囲】

名 範圍，界線

例 広（ひろ）い範囲（はんい）に渡（わた）る。

譯 範圍遍佈極廣。

21 | ひろまる【広まる】

自五 (範圍)擴大；傳播，遍及

例 話（はなし）が広（ひろ）まる。

譯 事情漸漸傳開。

22 | ひろめる【広める】

(他下一) 擴大，增廣；普及，推廣；披漏，宣揚

例 知識(ちしき)を広(ひろ)める。

譯 普及知識。

---

23 | ぶ【部】

(名·漢造) 部分；部門；冊

例 一部(いちぶ)の人(ひと)だけが悩(なや)んでいる。

譯 只有部分的人在煩惱。

---

24 | ふうぞく【風俗】

(名) 風俗；服裝，打扮；社會道德

例 地方(ちほう)の風俗(ふうぞく)を紹介(しょうかい)する。

譯 介紹地方的風俗。

---

25 | ふもと【麓】

(名) 山腳

例 富士山(ふじさん)の麓(ふもと)に広(ひろ)がる。

譯 蔓延到富士山下。

---

26 | まわり【周り】

(名) 周圍，周邊

例 周(まわ)りの人(ひと)が驚(おどろ)いた。

譯 周圍的人嚇了一跳。

---

27 | よのなか【世の中】

(名) 人世間，社會；時代，時期；男女之情

例 世(よ)の中(なか)の動(うご)きを知(し)る。

譯 知曉社會的變化。

---

28 | りょう【領】

(名·接尾·漢造) 領土；脖領；首領

例 日本領(にほんりょう)を犯(おか)す。

譯 侵犯日本領土。

13-4 方向、位置／方向、位置

N3 ◎ 13-4

01 | か【下】

(漢造) 下面；屬下；低下；下，降

例 上学年(じょうがくねん)と下学年(かがくねん)に分(わ)ける。

譯 分為上半學跟下半學年。

02 | かしょ【箇所】

(名·接尾) (特定的)地方；(助數詞)處

例 一箇所(いっかしょ)間違(まちが)える。

譯 一個地方錯了。

03 | くだり【下り】

(名) 下降的；東京往各地的列車

例 下(くだ)りの列車(れっしゃ)に乗(の)る。

譯 搭乘南下的列車。

04 | くだる【下る】

(自五) 下降，下去；下野，脫離公職；由中央到地方；下達；往河的下游去

例 川(かわ)を下(くだ)る。

譯 順流而下。

05 | しょうめん【正面】

(名) 正面；對面；直接，面對面

例 建物(たてもの)の正面(しょうめん)から入(はい)る。

譯 從建築物的正面進入。

06 | しるし【印】

(名) 記號，符號；象徵(物)，標記；徽章；(心意的)表示；紀念(品)；商標

例 大事(だいじ)な所(ところ)に印(しるし)をつける。

譯 重要處蓋上印章。

07 | すすむ【進む】

(自五·接尾) 進，前進；進步，先進；進展；升級，進級；升入，進入，到達；繼續下去

例 ゆっくりと進(すす)んだ。

譯 緩慢地前進。

08 | すすめる
【進める】

(他下一) 使向前推進，使前進；推進，發展，開展；進行，舉行；提升，晉級；增進，使旺盛

例 計画(けいかく)を進(すす)める。

譯 進行計畫。

09 | ちかづく
【近づく】

(自五) 臨近，靠近；接近，交往；幾乎，近似

例 目的地(もくてきち)に近付(ちかづ)く。

譯 接近目的地。

10 | つきあたり
【突き当たり】

(名) (道路的)盡頭

例 廊下(ろうか)の突(つ)き当(あ)たりまで歩(ある)く。

譯 走到走廊的盡頭。

11 | てん
【点】

(名) 點；方面；(得)分

例 その点(てん)について説明(せつめい)する。

譯 關於那一點容我進行說明。

12 | とじょう
【途上】

(名) (文)路上；中途

例 通学(つうがく)の途上(とじょう)、祖母(そぼ)に会(あ)った。

譯 去學校的途中遇到奶奶。

13 | ななめ
【斜め】

(名·形動) 斜，傾斜；不一般，不同往常

例 斜(なな)めになっていた。

譯 歪了。

14 | のぼる
【上る】

(自五) 進京；晉級，高昇；(數量)達到，高達

例 階段(かいだん)を上(のぼ)る。

譯 爬樓梯。

15 | はし
【端】

(名) 開端，開始；邊緣；零頭，片段；開始，盡頭

例 道(みち)の端(はし)を歩(ある)く。

譯 走在路的兩旁。

13 - 地理、地方 -

16 | **ふたて【二手】**

㊔ 兩路

例 二手(ふたて)に分(わ)かれる。

譯 兵分兩路。

17 | **むかい【向かい】**

㊔ 正對面

例 駅(えき)の向(む)かいにある。

譯 在車站的對面。

18 | **むき【向き】**

㊔ 方向；適合，合乎；認真，慎重其事；傾向，趨向；(該方面的)人，人們

例 向(む)きが変(か)わる。

譯 轉變方向。

19 | **むく【向く】**

(自五・他五) 朝，向，面；傾向，趨向；適合；面向，著

例 気(き)の向(む)くままにやる。

譯 隨心所欲地做。

20 | **むける【向ける】**

(自他下一) 向，朝，對；差遣，派遣；撥用，用在

例 銃(じゅう)を男(おとこ)に向(む)けた。

譯 槍指向男人。

21 | **もくてきち【目的地】**

㊔ 目的地

例 目的地(もくてきち)に着(つ)く。

譯 抵達目的地。

22 | **よる【寄る】**

(自五) 順道去…；接近

例 喫茶店(きっさてん)に寄(よ)る。

譯 順道去咖啡店。

23 | **りょう【両】**

(漢造) 雙，兩

例 川(かわ)の両岸(りょうぎし)に桜(さくら)が咲(さ)く。

譯 河川的兩岸櫻花綻放著。

24 | りょうがわ【両側】

㊔ 兩邊，兩側，兩方面

例 道の両側に寄せる。

譯 使靠道路兩旁。

13 地理、地方

活用句庫

例 とても恥ずかしいとき、「穴があったら入りたい」と言います。	覺得很難為情的時候，會說「真想找個地洞鑽進去」。
例 坂の上まで登ると、晴れた日には遠くに富士山が見えますよ。	只要在天氣晴朗的日子爬上山坡，就可以遠眺富士山哦！
例 これは今朝、東京湾で獲れた魚です。	這是今天早上在東京灣捕獲的魚。

練　習

I [a ～ e]の中から適当な言葉を選んで、(　　)に入れなさい。

a. 湾（わん）	b. 坂（さか）	c. 空（くう）	d. 山（さん）	e. 穴（あな）

❶ (　　　　　　)の中には、台風を避けて多くの船が集まって来ます。

❷ この(　　　　　　)をまっすぐ下ると、賑やかな商店街に出ます。

❸ 明日会社を休んで、仕事に(　　　　　　)を開けるわけにはいきません。

❹ サヨナラ満塁ホームランになるはずが、バットは(　　　　　　)を切って、すべては終わりました。

II [a ～ e]の中から適当な言葉を選んで、(　　)に入れなさい。

a. 丘陵（きゅうりょう）	b. 自然（しぜん）	c. 地盤（じばん）	d. 地方（ちほう）	e. 故郷（こきょう）

❶ 都会で生まれ育ちましたが、この田舎に引っ越してからもう長く、第2の(　　　　　　)と言えます。

❷ みかんやコーヒーは(　　　　　　)地帯で栽培されています。

❸ 首都圏から離れて、(　　　　　　)に行くと、温かい人情に触れることができます。

❹ どんなに丈夫な建物に住んでいても、しっかりした(　　　　　　)でなければ安全とは言えません。

ANS:

I ①a ②b ③e ④c

II ①e ②a ③d ④c

活用句庫

例 村の環境を守るために、工場の建設に反対しています。
為了保護村莊的環境，我們反對建造工廠。

例 近所の公園に集まって、みんなでラジオ体操をしています。
大家聚在附近的公園一起做廣播體操。

例「空手習っているんですか。すごいですね。」「でも、まだ初心者コースなんです。」
「你在學空手道？好厲害哦。」「不過我還在上初學者課程。」

練　習

I [a ～ e]の中から適当な言葉を選んで、(　　)に入れなさい。

a. 範囲	b. 環境	c. 地区	d. 出身	e. 近所

❶「ご(　　　　　)はどちらですか。」「九州の福岡です。」
❷ 毎朝６時頃、犬を連れて(　　　　　)の公園まで散歩しています。
❸ 家の周りの(　　　　　)が悪くなったので、引っ越しを考えています。
❹ 試験(　　　　　)が広すぎて、半分も復習できませんでした。

II [a ～ e]の中から適当な言葉を選んで、(　　)に入れなさい。

a. 麓	b. 領	c. 部	d. 内	e. 州

❶ 世界最大の島グリーンランドは、デンマークの自治(　　　　　)です。
❷ 富士山の(　　　　　)には個性豊かなキャンプ場がたくさんあります。
❸ カリフォルニア(　　　　　)は、アメリカで一番人口が多いです。
❹ 夏休みの旅行は、海外を止めて、国(　　　　　)にしましょう。

ANS:
I ① d ② e ③ b ④ a
II ① b ② a ③ e ④ d

パート

14

施設、機関

- 設施、機關單位 -

14-1 施設、機関／設施、機關單位

N3 14-1

01 かん【館】

㊇旅館；大建築物或商店

例 博物館を見学する。

譯 參觀博物館。

02 くやくしょ【区役所】

㊔（東京都特別區與政令指定都市所屬的）區公所

例 区役所で働く。

譯 在區公所工作。

03 けいさつしょ【警察署】

㊔警察署

例 警察署に連れて行かれる。

譯 被帶去警局。

04 こうみんかん【公民館】

㊔（市町村等的）文化館，活動中心

例 公民館で茶道の教室がある。

譯 公民活動中心裡設有茶道的課程。

05 しやくしょ【市役所】

㊔市政府，市政廳

例 市役所に勤めている。

譯 在市公所工作。

06 じょう【場】

名·漢造 場，場所；場面

例 会場を片付ける。

譯 整理會場。

07 しょうぼうしょ【消防署】

㊔消防局，消防署

例 消防署に連絡する。

譯 聯絡消防局。

08 | にゅうこくかんりきょく【入国管理局】

名 入國管理局

例 入国管理局(にゅうこくかんりきょく)にビザを申請(しんせい)する。

譯 在入國管理局申請了簽證。

09 | ほけんじょ【保健所】

名 保健所，衛生所

例 保健所(ほけんじょ)で健康診断(けんこうしんだん)を受(う)ける。

譯 在衛生所做健康檢查。

14 -設施、機關單位-

14-2 いろいろな施設／各種設施

N3 14-2

01 | えん【園】

接尾 園

例 弟(おとうと)は幼稚園(ようちえん)に通(かよ)っている。

譯 弟弟上幼稚園。

02 | げきじょう【劇場】

名 劇院，劇場，電影院

例 劇場(げきじょう)へ行(い)く。

譯 去劇場。

03 | じ【寺】

漢造 寺

例 金閣寺(きんかくじ)には金閣(きんかく)、銀閣寺(ぎんかくじ)には銀閣(ぎんかく)がある。

譯 金閣寺有金閣，銀閣寺有銀閣。

04 | はくぶつかん【博物館】

名 博物館，博物院

例 博物館(はくぶつかん)を楽(たの)しむ。

譯 到博物館欣賞。

05 | ふろや【風呂屋】

名 浴池，澡堂

例 風呂屋(ふろや)に行(い)く。

譯 去澡堂。

06 | ホール
【hall】

㊔ 大廳；舞廳；（有舞台與觀眾席的）會場

例 新(あたら)しいホールをオープンする。

譯 新的禮堂開幕了。

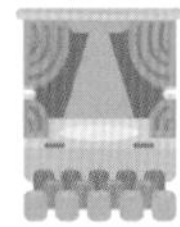

07 | ほいくえん
【保育園】

㊔ 幼稚園，保育園

例 ２歳(さい)から保育園(ほいくえん)に行(い)く。

譯 從兩歲起就讀育幼園。

14-3 店／商店

N3 ● 14-3

01 | あつまり
【集まり】

㊔ 集會，會合；收集（的情況）

例 客(きゃく)の集(あつ)まりが悪(わる)い。

譯 上門顧客不多。

02 | オープン
【open】

（名·自他サ·形動）開放，公開；無蓋，敞篷；露天，野外

例 ３月(がつ)にオープンする。

譯 於３月開幕。

03 | コンビニ（エンスストア）
【convenience store】

㊔ 便利商店

例 コンビニで買(か)う。

譯 在便利商店買。

04 | （じどう）けんばいき【（自動）券売機】

㊔ （門票、車票等）自動售票機

例 自動券売機(じどうけんばいき)で買(か)う。

譯 於自動販賣機購買。

05 | しょうばい
【商売】

（名·自サ）經商，買賣，生意；職業，行業

例 商売(しょうばい)がうまくいく。

譯 生意順利。

06 | チケット【ticket】

㊔ 票，券；車票；入場券；機票

例 コンサートのチケットを買う。

譯 買票。

07 | ちゅうもん【注文】

名・他サ 點餐，訂貨，訂購；希望，要求，願望

例 パスタを注文した。

譯 點了義大利麵。

08 | バーゲンセール【bargain sale】

㊔ 廉價出售，大拍賣

例 バーゲンセールが始まった。

譯 開始大拍賣囉。

09 | ばいてん【売店】

㊔ (車站等)小賣店

例 駅の売店で新聞を買う。

譯 在車站的小賣店買報紙。

10 | ばん【番】

名・接尾・漢造 輪班；看守，守衛；(表順序與號碼)第…號；(交替)順序，次序

例 店の番をする。

譯 照看店鋪。

14-4 団体、会社／團體、公司行號

N3 ● 14-4

01 | かい【会】

㊔ 會，會議，集會

例 会に入る。

譯 入會。

02 | しゃ【社】

名・漢造 公司，報社(的簡稱)；社會團體；組織；寺院

例 新聞社に就職する。

譯 在報社上班。

03 | **つぶす**
【潰す】

(他五) 毀壞，弄碎；熔毀，熔化；消磨，消耗；宰殺；堵死，填滿

例 会社を潰す。

譯 讓公司倒閉。

04 | **とうさん**
【倒産】

(名·自サ) 破產，倒閉

例 激しい競争に負けて倒産した。

譯 在激烈競爭裡落敗而倒閉了。

05 | **ほうもん**
【訪問】

(名·他サ) 訪問，拜訪

例 会社を訪問する。

譯 訪問公司。

パート

15

交通

- 交通 -

15-1 交通、運輸／交通、運輸

N3 ◎ 15-1

01 | いき・ゆき【行き】

㊔ 去，往

例 東京(とうきょう)行(い)きの列車(れっしゃ)が来(き)た。

譯 開往東京的列車進站了。

02 | おろす【下ろす・降ろす】

(他五) (從高處)取下， 拿下， 降下，弄下；開始使用(新東西)；砍下

例 車(くるま)から荷物(にもつ)を降(お)ろす。

譯 從車上卸下貨物。

03 | かたみち【片道】

㊔ 單程，單方面

例 片道(かたみち)の電車賃(でんしゃちん)をもらう。

譯 取得單程的電車費。

04 | けいゆ【経由】

(名·自サ) 經過，經由

例 新宿経由(しんじゅくけいゆ)で東京(とうきょう)へ行(い)く。

譯 經新宿到東京。

05 | しゃ【車】

(名·接尾·漢造) 車；(助數詞)車，輛，車廂

例 電車(でんしゃ)に乗(の)る。

譯 搭電車。

06 | じゅうたい【渋滞】

(名·自サ) 停滯不前，遲滯，阻塞

例 道(みち)が渋滞(じゅうたい)している。

譯 路上塞車。

07 | しょうとつ【衝突】

(名·自サ) 撞，衝撞，碰上；矛盾，不一致；衝突

例 車(くるま)が壁(かべ)に衝突(しょうとつ)した。

譯 車子撞上了牆壁。

08 | しんごう【信号】

㊔·自サ 信號，燈號；(鐵路、道路等的)號誌；暗號

例 信号(しんごう)が変(か)わる。

譯 燈號改變。

09 | スピード【speed】

㊔ 快速，迅速；速度

例 スピードを上(あ)げる。

譯 加速，加快。

10 | そくど【速度】

㊔ 速度

例 速度(そくど)を上(あ)げる。

譯 加快速度。

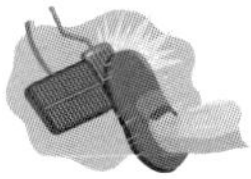

11 | ダイヤ【diamond・diagram 之略】

㊔ 鑽石(「ダイヤモンド」之略稱)；列車時刻表；圖表，圖解(「ダイヤグラム」之略稱)

例 大雪(おおゆき)でダイヤが乱(みだ)れる。

譯 交通因大雪而陷入混亂。

12 | たかめる【高める】

他下一 提高，抬高，加高

例 安全性(あんぜんせい)を高(たか)める。

譯 加強安全性。

13 | たつ【発つ】

自五 立，站；冒，升；離開；出發；奮起；飛，飛走

例 9時(じ)の列車(れっしゃ)で発(た)つ。

譯 坐9點的火車離開。

14 | ちかみち【近道】

㊔ 捷徑，近路

例 学問(がくもん)に近道(ちかみち)はない。

譯 學問沒有捷徑。

15 | ていきけん【定期券】

㊔ 定期車票；月票

例 定期券(ていきけん)を申(もう)し込(こ)む。

譯 申請定期車票。

16 | ていりゅうじょ【停留所】

㊔ 公車站；電車站

例 バスの停留所（ていりゅうじょ）で待（ま）つ。

譯 在公車站等車。

17 | とおりこす【通り越す】

自五 通過，越過

例 バス停（てい）を通（とお）り越（こ）す。

譯 錯過了下車的公車站牌。

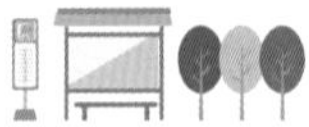

18 | とおる【通る】

自五 經過；穿過；合格

例 左側（ひだりがわ）を通（とお）る。

譯 往左側走路。

19 | とっきゅう【特急】

㊔ 火速；特急列車(「特別急行」之略稱)

例 特急（とっきゅう）で東京（とうきょう）へたつ。

譯 坐特快車前往東京。

20 | とばす【飛ばす】

他五·接尾 使…飛，使飛起；(風等)吹起，吹跑；飛濺，濺起

例 バイクを飛（と）ばす。

譯 飆摩托車。

21 | ドライブ【drive】

名·自サ 開車遊玩；兜風

例 ドライブに出（で）かける。

譯 開車出去兜風。

22 | のせる【乗せる】

他下一 放在高處，放到…；裝載；使搭乘；使參加；騙人，誘拐；記載，刊登；合著音樂的拍子或節奏

例 子（こ）どもを車（くるま）に乗（の）せる。

譯 讓小孩上車。

23 | ブレーキ【brake】

㊔ 煞車；制止，控制，潑冷水

例 ブレーキをかける。

譯 踩煞車。

24 | **めんきょ【免許】**

(名·他サ)(政府機關)批准，許可；許可證，執照；傳授秘訣

例 車(くるま)の免許(めんきょ)を取(と)る。

譯 考到汽車駕照。

25 | **ラッシュ【rush】**

(名)(眾人往同一處)湧現；蜂擁，熱潮

例 帰省(きせい)ラッシュで込(こ)んでいる。

譯 因返鄉人潮而擁擠。

26 | **ラッシュアワー【rushhour】**

(名)尖峰時刻，擁擠時段

例 ラッシュアワーに遇(あ)う。

譯 遇上交通尖峰。

27 | **ロケット【rocket】**

(名)火箭發動機；(軍)火箭彈；狼煙火箭

例 ロケットで飛(と)ぶ。

譯 乘火箭飛行。

15-2 鉄道、船、飛行機／鐵路、船隻、飛機

N3 15-2

01 | **かいさつぐち【改札口】**

(名)(火車站等)剪票口

例 改札口(かいさつぐち)を出(で)る。

譯 出剪票口。

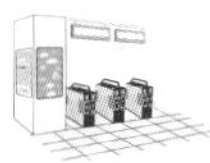

02 | **かいそく【快速】**

(名·形動)快速，高速度

例 快速電車(かいそくでんしゃ)に乗(の)る。

譯 搭乘快速電車。

03 | **かくえきていしゃ【各駅停車】**

(名)指電車各站都停車，普通車

例 各駅停車(かくえきていしゃ)の電車(でんしゃ)に乗(の)る。

譯 搭乘各站停車的列車。

04 | きゅうこう【急行】

(名·自サ) 急忙前往，急趕；急行列車

例 急行に乗る。

譯 搭急行電車。

05 | こむ【込む・混む】

(自五·接尾) 擁擠，混雜；費事，精緻，複雜；表進入的意思；表深入或持續到極限

例 電車が込む。

譯 電車擁擠。

06 | こんざつ【混雜】

(名·自サ) 混亂，混雜，混染

例 混雑を避ける。

譯 避免混亂。

07 | ジェットき【jet 機】

(名) 噴氣式飛機，噴射機

例 ジェット機に乗る。

譯 乘坐噴射機。

08 | しんかんせん【新幹線】

(名) 日本鐵道新幹線

例 新幹線に乗る。

譯 搭新幹線。

09 | つなげる【繋げる】

(他五) 連接，維繫

例 船を港に繋げる。

譯 把船綁在港口。

10 | とくべつきゅうこう【特別急行】

(名) 特別快車，特快車

例 特別急行が遅れた。

譯 特快車誤點了。

11 | のぼり【上り】

(名)(「のぼる」的名詞形)登上，攀登；上坡(路)；上行列車(從地方往首都方向的列車)；進京

例 上り電車が到着した。

譯 上行的電車已抵達。

12 | のりかえ【乗り換え】

㊔ 換乘，改乘，改搭

例 次(つぎ)の駅(えき)で乗(の)り換(か)える。

譯 在下一站轉乘。

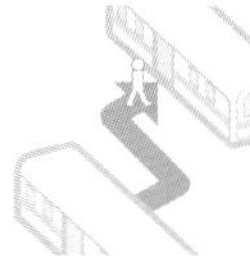

13 | のりこし【乗り越し】

名·自サ (車)坐過站

例 乗(の)り越(こ)しの方(かた)は清算(せいさん)してください。

譯 請坐過站的乘客補票。

14 | ふみきり【踏切】

㊔ (鐵路的)平交道，道口；(轉)決心

例 踏切(ふみきり)を渡(わた)る。

譯 過平交道。

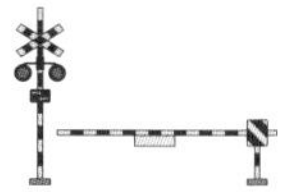

15 | プラットホーム【platform】

㊔ 月台

例 プラットホームを出(で)る。

譯 走出月台。

16 | ホーム【platform 之略】

㊔ 月台

例 ホームから手(て)を振(ふ)る。

譯 在月台招手。

17 | まにあう【間に合う】

自五 來得及，趕得上；夠用

例 終電(しゅうでん)に間(ま)に合(あ)う。

譯 趕上末班車。

18 | むかえ【迎え】

㊔ 迎接；去迎接的人；接，請

例 空港(くうこう)まで迎(むか)えに行(い)く。

譯 迎接機。

19 | れっしゃ【列車】

㊔ 列車，火車

例 列車(れっしゃ)が着(つ)く。

譯 列車到站。

15-3 自動車、道路／汽車、道路

N3 ◉ 15-3

01 かわる【代わる】

(自五) 代替，代理，代理

例 運転(うんてん)を代(か)わる。

譯 交替駕駛。

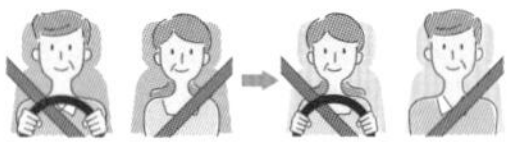

02 つむ【積む】

(自五‧他五) 累積，堆積；裝載；積蓄，積累

例 トラックに積(つ)んだ。

譯 裝到卡車上。

03 どうろ【道路】

(名) 道路

例 道路(どうろ)が混雑(こんざつ)する。

譯 道路擁擠。

04 とおり【通り】

(名) 大街，馬路；通行，流通

例 広(ひろ)い通(とお)りに出(で)る。

譯 走到大馬路。

05 バイク【bike】

(名) 腳踏車；摩托車(「モーターバイク」之略稱)

例 バイクで旅行(りょこう)したい。

譯 想騎機車旅行。

06 バン【van】

(名) 大篷貨車

例 新型(しんがた)のバンがほしい。

譯 想要有一台新型貨車。

07 ぶつける

(他下一) 扔，投；碰，撞，(偶然)碰上，遇上；正當，恰逢；衝突，矛盾

例 車(くるま)をぶつける。

譯 撞上了車。

08 | レンタル【rental】

(名·サ変) 出租，出賃；租金

例 車をレンタルする。

譯 租車。

活用句庫

例 夫の実家までは車で片道４時間もかかるんです。	前往丈夫的老家，光是單趟車程就要花上４個小時了。
例 大学へは週に３日しか行かないので、定期券は買っていません。	我每個星期只有３天要去大學，所以沒有購買月票。
例 いつかロケットに乗って、宇宙から地球を見てみたいです。	總有一天我要搭上火箭，從外太空眺望地球。

練　習

Ⅰ [a ～ e] の中から適当な言葉を選んで、(　　) に入れなさい。

a. 行き	b. 信号	c. 片道	d. 近道	e. 免許

❶ 空港市内間のバスは (　　　　　　) 1000 円、往復なら 1800 円です。
❷ 横浜 (　　　　　　) の電車に乗ったつもりでしたが、逆方向でした。
❸ (　　　　　　) のない横断歩道で、止まってくれない車が増えました。
❹ 図書館の中を通り抜けて、体育館へ (　　　　　　) をしました。

Ⅱ [a ～ e] の中から適当な言葉を選んで、(　　) に入れなさい。(必要なら形を変えなさい)

a. 下ろす	b. 渋滞する	c. 経由する	d. 乗せる	e. 高める

❶ 演技の前には、集中力を (　　　　　　) ために、イヤホンで音楽を聴きます。
❷ 学生時代、シベリアを (　　　　　　) ロンドンへ行ったことがあります。
❸ 毎朝７時頃から (　　　　　　) いるので、６時半に家を出ています。
❹ おばあちゃんを車に (　　　　　　)、温泉地に連れて行きます。

ANS:
Ⅰ ① c ② a ③ b ④ d
Ⅱ ① e- 高める ② c- 経由して ③ b- 渋滞して ④ d- 乗せて

練　習

I [a ～ e]の中から適当な言葉を選んで、(　　)に入れなさい。

a. 混雑	b. 乗り換え	c. 通り	d. 踏切	e. 迎え

❶ うちから会社まで1時間以上かかるが、(　　　　　　)なしで行けるので少しは楽です。

❷ お父さんを(　　　　　　)に行くついでに、駅前のコンビニで牛乳を買って来なさい。

❸ この(　　　　　　)の両側には、30年前に日本の桜が植えられました。

❹ このアパートは安いしきれいですが、近くの(　　　　　　)の音がかなり気になります。

II [a ～ e]の中から適当な言葉を選んで、(　　)に入れなさい。

a. 乗り越し	b. バン	c. ホーム	d. 上り	e. 改札口

❶ 待ち合わせ駅が二つ先の駅に変更になったので、(　　　　　　)をしました。

❷ 坂道ですれ違う時は、下りの車が(　　　　　　)の車に道を譲ります。

❸ 新宿行きは、いったん地下に下りて、反対側の(　　　　　　)から乗ってください。

❹ テロ対策のために、当駅では明日から駅入場前に(　　　　　　)で荷物検査を行います。

ANS:

I ①b ②e ③c ④d

II ①a ②d ③c ④e

パート 16

通信、報道

- 通訊、報導 -

16-1 通信、電話、郵便／通訊、電話、郵件

N3 ◎ 16-1

01 あてな【宛名】

㊔ 收信（件）人的姓名住址

例 手紙(てがみ)の宛名(あてな)を書(か)く。

譯 寫收件人姓名。

02 インターネット【internet】

㊔ 網路

例 インターネットに繋(つな)がる。

譯 連接網路。

03 かきとめ【書留】

㊔ 掛號郵件

例 書留(かきとめ)で郵送(ゆうそう)する。

譯 用掛號信郵寄。

04 こうくうびん【航空便】

㊔ 航空郵件；空運

例 航空便(こうくうびん)で送(おく)る。

譯 用空運運送。

05 こづつみ【小包】

㊔ 小包裹；包裹

例 小包(こづつみ)を出(だ)す。

譯 寄包裹。

06 そくたつ【速達】

名·自他サ 快速信件

例 速達(そくたつ)で送(おく)る。

譯 寄快遞。

07 たくはいびん【宅配便】

㊔ 宅急便

例 宅配便(たくはいびん)が届(とど)く。

譯 收到宅配包裹。

08 | つうじる・つうずる【通じる・通ずる】

(自上一・他上一) 通；通到，通往；通曉，精通；明白，理解；使…通；在整個期間內

例 電話(でんわ)が通(つう)じる。

譯 通電話。

09 | つながる【繋がる】

(自五) 相連，連接，聯繫；（人）排隊，排列；有（血緣、親屬）關係，牽連

例 電話(でんわ)が繋(つな)がった。

譯 電話接通了。

10 | とどく【届く】

(自五) 及，達到；（送東西）到達；周到；達到（希望）

例 手紙(てがみ)が届(とど)いた。

譯 收到信。

11 | ふなびん【船便】

(名) 船運

例 船便(ふなびん)で送(おく)る。

譯 用船運過去。

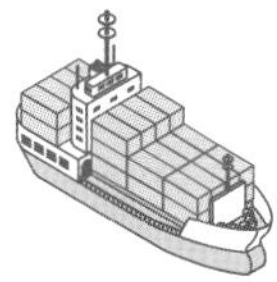

12 | やりとり【やり取り】

(名・他サ) 交換，互換，授受

例 手紙(てがみ)のやり取(と)りをする。

譯 書信來往。

13 | ゆうそう【郵送】

(名・他サ) 郵寄

例 原稿(げんこう)を郵送(ゆうそう)する。

譯 郵寄稿件。

14 | ゆうびん【郵便】

(名) 郵政；郵件

例 郵便(ゆうびん)が来(く)る。

譯 寄來郵件。

16-2 伝達、通知、情報／傳達、告知、信息

N3 ● 16-2

01 アンケート【(法) enquête】

㊔（以同樣內容對多數人的）問卷調查，民意測驗

例 アンケートをとる。

譯 問卷調查。

02 こうこく【広告】

(名·他サ) 廣告；作廣告，廣告宣傳

例 広告（こうこく）を出（だ）す。

譯 拍廣告。

03 しらせ【知らせ】

㊔ 通知；預兆，前兆

例 知（し）らせが来（き）た。

譯 通知送來了。

04 せんでん【宣伝】

(名·自他サ) 宣傳，廣告；吹噓，鼓吹，誇大其詞

例 製品（せいひん）を宣伝（せんでん）する。

譯 宣傳產品。

05 のせる【載せる】

(他下一) 放在…上，放在高處；裝載，裝運；納入，使參加；欺騙；刊登，刊載

例 新聞（しんぶん）に公告（こうこく）を載（の）せる。

譯 在報上刊登廣告。

06 はやる【流行る】

(自五) 流行，時興；興旺，時運佳

例 ヨガダイエットが流行（はや）っている。

譯 流行瑜珈減肥。

07 ふきゅう【普及】

(名·自サ) 普及

例 テレビが普及（ふきゅう）している。

譯 電視普及。

08 | ブログ【blog】

(名) 部落格

例 ブログを作（つく）る。

譯 架設部落格。

09 | ホームページ【homepage】

(名) 網站，網站首頁

例 ホームページを作（つく）る。

譯 架設網站。

10 | よせる【寄せる】

(自下一・他下一) 靠近，移近；聚集，匯集，集中；加；投靠，寄身

例 意見（いけん）をお寄（よ）せください。

譯 集中大家的意見。

16-3 報道、放送／報導、廣播

N3 ◉ 16-3

01 | アナウンス【announce】

(名・他サ) 廣播；報告；通知

例 選手（せんしゅ）の名前（なまえ）をアナウンスする。

譯 廣播選手的名字。

02 | インタビュー【interview】

(名・自サ) 會面，接見；訪問，採訪

例 インタビューを始（はじ）める。

譯 開始採訪。

03 | きじ【記事】

(名) 報導，記事

例 新聞記事（しんぶんきじ）に載（の）る。

譯 報導刊登在報上。

04 | じょうほう【情報】

(名) 情報，信息

例 情報（じょうほう）を得（え）る。

譯 獲得情報。

05 | スポーツちゅうけい【スポーツ中継】

㊔ 體育（競賽）直播，轉播

例 スポーツ中継(ちゅうけい)を見(み)た。

譯 看了現場直播的運動比賽。

06 | ちょうかん【朝刊】

㊔ 早報

例 毎朝(まいあさ)朝刊(ちょうかん)を読(よ)む。

譯 每天早上讀早報。

07 | テレビばんぐみ【television 番組】

㊔ 電視節目

例 テレビ番組(ばんぐみ)を録画(ろくが)する。

譯 錄下電視節目。

08 | ドキュメンタリー【documentary】

㊔ 紀錄，紀實；紀錄片

例 ドキュメンタリー映画(えいが)が作(つく)られていた。

譯 拍攝成紀錄片。

09 | マスコミ【mass communication 之略】

㊔（透過報紙、廣告、電視或電影等向群眾進行的）大規模宣傳；媒體（「マスコミュニケーション」之略稱）

例 マスコミに追(お)われている。

譯 蜂擁而上的採訪媒體。

10 | ゆうかん【夕刊】

㊔ 晚報

例 夕刊(ゆうかん)を取(と)る。

譯 訂閱晚報。

パート 17

スポーツ

- 體育運動 -

17-1 スポーツ／體育運動

N3 17-1

01 オリンピック【Olympics】

㊔ 奥林匹克

例 オリンピックに出（で）る。

譯 參加奧運。

02 きろく【記録】

名·他サ 記錄，記載，(體育比賽的)紀錄

例 記録（きろく）をとる。

譯 做記錄。

03 しょうひ【消費】

名·他サ 消費，耗費

例 カロリーを消費（しょうひ）する。

譯 消耗卡路理。

04 スキー【ski】

㊔ 滑雪；滑雪橇，滑雪板

例 スキーに行（い）く。

譯 去滑雪。

05 チーム【team】

㊔ 組，團隊；(體育)隊

例 チームを作（つく）る。

譯 組織團隊。

06 とぶ【跳ぶ】

自五 跳，跳起；跳過(順序、號碼等)

例 跳（と）び箱（ばこ）を跳（と）ぶ。

譯 跳過跳箱。

07 トレーニング【training】

名·他サ 訓練，練習

例 週（しゅう）2日（ふつか）トレーニングをしている。

譯 每週鍛鍊身體兩次。

08 | **バレエ【ballet】**

㊔ 芭蕾舞

例 バレエを習(なら)う。

譯 學習芭蕾舞。

17-2 試合／比賽

N3 ◎ 17-2

01 | **あらそう【争う】**

他五 爭奪；爭辯；奮鬥，對抗，競爭

例 相手(あいて)チームと一位(いちい)を争(あらそ)う。

譯 與競爭隊伍爭奪冠軍。

02 | **おうえん【応援】**

名·他サ 援助，支援；聲援，助威

例 試合(しあい)を応援(おうえん)する。

譯 為比賽加油。

03 | **かち【勝ち】**

名 勝利

例 勝(か)ちを得(え)る。

譯 獲勝。

04 | **かつやく【活躍】**

名·自サ 活躍

例 試合(しあい)で活躍(かつやく)する。

譯 在比賽中很活躍。

05 | **かんぜん【完全】**

名·形動 完全，完整；完美，圓滿

例 完全(かんぜん)な勝利(しょうり)を信(しん)じる。

譯 相信將能得到完美的獲勝。

06 | **きん【金】**

名·漢造 黃金，金子；金錢

例 金(きん)メダルを取(と)る。

譯 獲得金牌。

07 | しょう
【勝】

(漢造) 勝利；名勝

例 勝利を得た。

譯 獲勝。

08 | たい
【対】

(名·漢造) 對比，對方；同等，對等；相對，相向；(比賽)比；面對

例 3対1で、白組の勝ちだ。

譯 以3比1的結果由白隊獲勝。

09 | はげしい
【激しい】

(形) 激烈，劇烈；(程度上)很高，厲害；熱烈

例 競争が激しい。

譯 競爭激烈。

17-3 球技、陸上競技／球類、田徑賽

N3 ◉ 17-3

01 | ける
【蹴る】

(他五) 踢；沖破(浪等)；拒絕，駁回

例 ボールを蹴る。

譯 踢球。

02 | たま
【球】

(名) 球

例 球を打つ。

譯 打球。

03 | トラック
【track】

(名) (操場、運動場、賽馬場的)跑道

例 トラックを一周する。

譯 繞跑道跑一圈。

04 | ボール
【ball】

(名) 球；(棒球)壞球

例 サッカーボールを追いかける。

譯 追足球。

05 | ラケット【racket】

名（網球、乒乓球等的）球拍

例 ラケットを張りかえた。

譯 重換網球拍。

活用句庫

例 日本におけるワインの消費量は、年々増加しています。	在日本，葡萄酒的消費量正在逐年增加。
例 学生時代はトラック競技の選手で、毎日５時間トレーニングをしていました。	我在學生時期是田徑選手，每天都要訓練５個小時。
例 私は過去の記憶を完全に失いました。自分の名前さえ思い出せません。	我完全失去了過去的記憶。就連自己的名字也想不起來了。

練　習

I [a ～ e]の中から適当な言葉を選んで、（　　）に入れなさい。

a. オリンピック　b. トレーニング　c. ボール　d. スキー　e. バレエ

❶ 年末から雪が少なかったので、雪不足で（　　　　　）場は大変です。

❷（　　　　　）のコンクールで入賞したら、ヨーロッパに留学したいです。

❸ ホームラン（　　　　　）を取ったら、打った選手のサインがもらえますか。

❹ ジムのコーチが自宅でできる（　　　　　）のメニューを作ってくれました。

ANS:
I ①d ②e ③c ④b

Ⅱ [a ～ e]の中から適当な言葉を選んで、(　　)に入れなさい。

a. 球	b. 勝ち	c. 完全	d. トラック	e. 記録

❶ 今年の夏の気温は、10 年来の (　　　　　　) を破りました。

❷ テニス部に入った最初の 1 か月間は、(　　　　　　) 拾いばかりさせられました。

❸ 「(　　　　　　) に不思議の (　　　　　　) あり、負けに不思議の負けなし。」は、僕の好きな言葉です。

❹ 競技中は危険ですので、(　　　　　　) の中に入らないでください。

Ⅲ [a ～ e]の中から適当な言葉を選んで、(　　)に入れなさい。

a. チーム	b. ラケット	c. 応援	d. 勝	e. 活躍

❶ 右手に (　　　　　　)、左手にボールを持って選手が出てきました。

❷ 決勝まで勝ち進むためには、(　　　　　　) ワークが不可欠です。

❸ 両横綱がそろって全 (　　　　　　) で最終日を迎えました。

❹ 我が家は、好きなチームの試合を見に行くだけでなく、(　　　　　　) グッズも買っています。

ANS:

Ⅱ ① e ② a ③ b ④ d

Ⅲ ① b ② a ③ d ④ c

パート 18

趣味、娯楽

- 愛好、嗜好、娛樂 -

01 | アニメ【animation】

㊔ 卡通，動畫片

例 アニメが放送(ほうそう)される。

譯 播映卡通。

02 | かるた【carta・歌留多】

㊔ 紙牌；寫有日本和歌的紙牌

例 歌留多(かるた)で遊(あそ)ぶ。

譯 玩日本紙牌。

03 | かんこう【観光】

(名・他サ) 觀光，遊覽，旅遊

例 観光(かんこう)の名所(めいしょ)を紹介(しょうかい)する。

譯 介紹觀光勝地。

04 | クイズ【quiz】

㊔ 回答比賽，猜謎；考試

例 クイズ番組(ばんぐみ)に参加(さんか)する。

譯 參加益智節目。

05 | くじ【籤】

㊔ 籤；抽籤

例 籤(くじ)で決(き)める。

譯 用抽籤方式決定。

06 | ゲーム【game】

㊔ 遊戲，娛樂；比賽

例 ゲームで負(ま)ける。

譯 遊戲比賽比輸。

07 | ドラマ【drama】

㊔ 劇；連戲劇；戲劇；劇本；戲劇文學；(轉)戲劇性的事件

例 大河(たいが)ドラマを放送(ほうそう)する。

譯 播放大河劇。

08 | トランプ【trump】

㊔ 撲克牌

例 トランプを切(き)る。

譯 洗牌。

09 | ハイキング【hiking】

㊔ 健行，遠足

例 鎌倉(かまくら)へハイキングに行(い)く。

譯 到鎌倉去健行。

10 | はく・ぱく【泊】

(接尾) 宿，過夜；停泊

例 京都(きょうと)に一泊(いっぱく)する。

譯 在京都住一晚。

11 | バラエティー【variety】

㊔ 多樣化，豐富多變；綜藝節目(「バラエティーショー」之略稱)

例 バラエティーに富(と)んだ。

譯 豐富多樣。

12 | ピクニック【picnic】

㊔ 郊遊，野餐

例 ピクニックに行(い)く。

譯 去野餐。

活用句庫

例 アニメの主人公と結婚するのが子どもの頃の夢でした。	和動畫主角結婚是我兒時的夢想。
例 僕はくじ運が悪いんです。ほらね、またはずれました。	我的籤運欠佳啊，看，又沒中獎了。
例 美術大学を卒業しましたが、美術史が専門なので、絵は描けません。	雖然我畢業於美術大學，但因為專攻的是美術史，所以不會畫畫。

練習

I [a ～ e]の中から適当な言葉を選んで、(　　)に入れなさい。

a. デザイン　b. バラエティ　c. ゲーム　d. ハイキング　e. アニメ

❶ この頃のファミリーレストランのメニューは(　　　　　)豊かですね。

❷ (　　　　　)ばかりしていないで、ちょっとはお母さんを手伝って。

❸ 車は、売れる(　　　　　)より、安全が第一です。

❹ 最近のテレビドラマは、マンガや(　　　　　)が原作のものが多いです。

II [a ～ e]の中から適当な言葉を選んで、(　　)に入れなさい。

a. ドラマ　b. 会　c. くじ　d. クイズ　e. 泊

❶ 母は毎週火曜日の韓国(　　　　　)を楽しみにしています。

❷ 宝(　　　　　)で 1000 万円当たったら、世界 1 周の船旅をしたいです。

❸ 先週、メンバーのお別れ(　　　　　)が、盛大に開かれました。

❹ 家族で 1 (　　　　　)旅行なんて、もう長い間していません。

ANS:

I ① b ② c ③ a ④ e

II ① a ② c ③ b ④ e

パート 19

芸術

- 藝術 -

19-1 芸術、絵画、彫刻／藝術、繪畫、雕刻

N3 ◉ 19-1

01 えがく【描く】

他五 畫，描繪；以…為形式，描寫；想像

例 人物(じんぶつ)を描(えが)く。

譯 畫人物。

02 かい【会】

接尾 …會

例 展覧会(てんらんかい)が終(お)わる。

譯 展覽會結束。

03 げいじゅつ【芸術】

名 藝術

例 芸術(げいじゅつ)がわからない。

譯 不懂藝術。

04 さくひん【作品】

名 製成品；(藝術)作品，(特指文藝方面)創作

例 作品(さくひん)に題(だい)をつける。

譯 取作品的名稱。

05 し【詩】

名·漢造 詩，詩歌

例 詩(し)を作(つく)る。

譯 作詩。

06 しゅつじょう【出場】

名·自サ (參加比賽)上場，入場；出站，走出場

例 コンクールに出場(しゅつじょう)する。

譯 參加比賽。

07 デザイン【design】

名·自他サ 設計(圖)；(製作)圖案

例 制服(せいふく)をデザインする。

譯 設計制服。

08 | **びじゅつ**
【美術】

㊔ 美術

例 美術の研究を深める。

譯 深入研究美術。

19-2 音楽／音樂

N3 19-2

01 | **えんか**
【演歌】

㊔ 演歌（現多指日本民間特有曲調哀愁的民謠）

例 演歌歌手になる。

譯 成為演歌歌手。

02 | **えんそう**
【演奏】

名·他サ 演奏

例 音楽を演奏する。

譯 演奏音樂。

03 | **か**
【歌】

漢造 唱歌；歌詞

例 演歌を歌う。

譯 唱傳統歌謠。

04 | **きょく**
【曲】

名·漢造 曲調；歌曲；彎曲

例 歌詞に曲をつける。

譯 為歌詞譜曲。

05 | **クラシック**
【classic】

㊔ 經典作品，古典作品，古典音樂；古典的

例 クラシックのレコードを聴く。

譯 聽古典音樂唱片。

06 | **ジャズ**
【jazz】

名·自サ （樂）爵士音樂

例 ジャズのレコードを集める。

譯 收集爵士唱片。

07 | **バイオリン【violin】**

㊔（樂）小提琴

例 バイオリンを弾(ひ)く。

譯 拉小提琴。

08 | **ポップス【pops】**

㊔ 流行歌，通俗歌曲（「ポピュラーミュージック」之略稱）

例 80年代(ねんだい)のポップスが懐(なつ)かしい。

譯 八〇年代的流行歌很叫人懷念。

19-3 演劇、舞踊、映画／戲劇、舞蹈、電影

N3 ◎ 19-3

01 | **アクション【action】**

㊔ 行動，動作；（劇）格鬥等演技

例 アクションドラマが人気(にんき)だ。

譯 動作片很紅。

02 | **エスエフ（SF）【science fiction 之略】**

㊔ 科學幻想

例 SF映画(えいが)を見(み)る。

譯 看科幻電影。

03 | **えんげき【演劇】**

㊔ 演劇，戲劇

例 演劇(えんげき)の練習(れんしゅう)をする。

譯 排演戲劇。

04 | **オペラ【opera】**

㊔ 歌劇

例 妻(つま)とオペラを観(み)る。

譯 與妻子觀看歌劇。

05 | **か【化】**

漢造 化學的簡稱；變化

例 小説(しょうせつ)を映画化(えいがか)する。

譯 把小說改成電影。

06 | かげき【歌劇】

㊔ 歌劇

例 歌劇(かげき)に夢中(むちゅう)になる。

譯 沈迷於歌劇。

07 | コメディー【comedy】

㊔ 喜劇

例 コメディー映画(えいが)が好(す)きだ。

譯 喜歡看喜劇電影。

08 | ストーリー【story】

㊔ 故事，小說；(小說、劇本等的)劇情，結構

例 このドラマは俳優(はいゆう)に加(くわ)えてストーリーもいい。

譯 這部影集不但演員好，故事情節也精彩。

09 | ばめん【場面】

㊔ 場面，場所；情景，(戲劇、電影等)場景，鏡頭；市場的情況，行情

例 場面(ばめん)が変(か)わる。

譯 轉換場景。

10 | ぶたい【舞台】

㊔ 舞台；大顯身手的地方

例 舞台(ぶたい)に立(た)つ。

譯 站上舞台。

11 | ホラー【horror】

㊔ 恐怖，戰慄

例 ホラー映画(えいが)のせいで眠(ねむ)れなかった。

譯 因為恐怖電影而睡不著。

12 | ミュージカル【musical】

㊔ 音樂劇；音樂的，配樂的

例 ミュージカルが好(す)きだ。

譯 喜歡看歌舞劇。

MEMO

Date / /

パート

20

数量、図形、色彩

- 數量、圖形、色彩 -

20-1 数／數目

N3 ◎20-1

01 | かく【各】

(接頭) 各，每人，每個，各個

例 各(かく)クラスから一人(ひとり)出(だ)してください。

譯 請每個班級選出一名。

02 | かず【数】

(名) 數，數目；多數，種種

例 数(かず)が多(おお)い。

譯 數目多。

03 | きすう【奇数】

(名) (數)奇數

例 奇数(きすう)を使(つか)う。

譯 使用奇數。

04 | けた【桁】

(名) (房屋、橋樑的)橫樑，桁架；算盤的主柱；數字的位數

例 桁(けた)を間違(まちが)える。

譯 弄錯位數。

05 | すうじ【数字】

(名) 數字；各個數字

例 数字(すうじ)で示(しめ)す。

譯 用數字表示。

06 | せいすう【整数】

(名) (數)整數

例 答(こた)えは整数(せいすう)だ。

譯 答案為整數。

07 | ちょう【兆】

(名·漢造) 徵兆；(數)兆

例 国(くに)の借金(しゃっきん)は 1000 兆円(ちょうえん)だ。

譯 國家的債務有1000兆圓。

08 | ど
【度】

(名·漢造) 尺度；程度；溫度；次數，回數；規則，規定；氣量，氣度

例 昨日より5度ぐらい高い。

譯 溫度比昨天高5度。

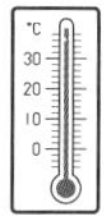

09 | ナンバー
【number】

(名) 數字，號碼；(汽車等的)牌照

例 自動車のナンバーを変更したい。

譯 想換汽車號碼牌。

10 | パーセント
【percent】

(名) 百分率

例 手数料が3パーセントかかる。

譯 手續費要3個百分比。

11 | びょう
【秒】

(名·漢造) (時間單位)秒

例 タイムを秒まで計る。

譯 以秒計算。

12 | プラス
【plus】

(名·他サ) (數)加號，正號；正數；有好處，利益；加(法)；陽性

例 プラスになる。

譯 有好處。

13 | マイナス
【minus】

(名·他サ) (數)減，減法；減號，負數；負極；(溫度)零下

例 マイナスになる。

譯 變得不好。

20-2 計算／計算

N3 20-2

01 | あう
【合う】

(自五) 正確，適合；一致，符合；對，準；合得來；合算

例 計算が合う。

譯 計算符合。

02 | イコール【equal】

㊔ 相等；(數學)等號

例 AイコールBだ。

譯 A等於B。

03 | かけざん【掛け算】

㊔ 乘法

さい　か　ざん
例 まだ５歳だが掛け算もできる。

譯 雖然才５歲連乘法也會。

04 | かぞえる【数える】

(他下一) 數，計算；列舉，枚舉

ひつじ　かず　びき　かぞ
例 羊の数を1,000匹まで数えた。

譯 數羊數到了1000隻。

05 | けい【計】

㊔ 總計，合計；計畫，計

いちねん　けい　はる
例 一年の計は春にあり。

譯 一年之計在於春。

06 | けいさん【計算】

(名·他サ) 計算，演算；估計，算計，考慮

けいさん　はや
例 計算が早い。

譯 計算得快。

07 | ししゃごにゅう【四捨五入】

(名·他サ) 四捨五入

しょうすうてんだい　い　ししゃごにゅう
例 小数点第３位を四捨五入する。

譯 四捨五入取到小數點後第２位。

08 | しょうすう【小数】

㊔ (數)小數

しょうすうてん い か　ししゃごにゅう
例 小数点以下は、四捨五入する。

譯 小數點以下，要四捨五入。

09 | しょうすうてん【小数点】

㊔ 小數點

しょうすうてん い か　か
例 小数点以下は、書かなくてもいい。

譯 小數點以下的數字可以不必寫出來。

10 | たしざん【足し算】

名 加法，加算

例 足(た)し算(ざん)の教材(きょうざい)を10冊(さつ)やる。

譯 做了10本加法的教材。

11 | でんたく【電卓】

名 電子計算機（「電子式卓上計算機（でんししきたくじょうけいさんき）」之略稱）

例 電卓(でんたく)で計算(けいさん)する。

譯 用計算機計算。

12 | ひきざん【引き算】

名 減法

例 引(ひ)き算(ざん)を習(なら)う。

譯 學習減法。

13 | ぶんすう【分数】

名（數學的）分數

例 分数(ぶんすう)を習(なら)う。

譯 學分數。

14 | わり【割り・割】

造語 分配；（助數詞用）十分之一，一成；比例；得失

例 4割引(わりび)きにする。

譯 給你打了4折。

15 | わりあい【割合】

名 比例；比較起來

例 空気(くうき)の成分(せいぶん)の割合(わりあい)を求(もと)める。

譯 算出空氣中的成分的比例。

16 | わりざん【割り算】

名（算）除法

例 割(わ)り算(ざん)は難(むずか)しい。

譯 除法很難。

20-3 量、長さ、広さ、重さなど(1)／
量、容量、長度、面積、重量等(1)

N3 ◎20-3(1)

01 あさい【浅い】

形 (水等)淺的；(顏色)淡的；(程度)膚淺的，少的，輕的；(時間)短的

例 考(かんが)えが浅(あさ)い。

譯 思慮不周到。

02 アップ【up】

名·他サ 增高，提高；上傳(檔案至網路)

例 給料(きゅうりょう)アップを望(のぞ)む。

譯 希望提高薪水。

03 いちどに【一度に】

副 同時地，一塊地，一下子

例 卵(たまご)と牛乳(ぎゅうにゅう)を一度(いちど)に入(い)れる。

譯 蛋跟牛奶一齊下鍋。

04 おおく【多く】

名·副 多數，許多；多半，大多

例 人(ひと)がどんどん多(おお)くなる。

譯 愈來愈多人。

05 おく【奥】

名 裡頭，深處；裡院；盡頭

例 のどの奥(おく)に魚(さかな)の骨(ほね)が引(ひ)っかかった。

譯 喉嚨深處鯁到魚刺了。

06 かさねる【重ねる】

他下一 重疊堆放；再加上，蓋上；反覆，重複，屢次

例 本(ほん)を３冊(さつ)重(かさ)ねる。

譯 把３本書疊起來。

07 きょり【距離】

名 距離，間隔，差距

例 距離(きょり)が遠(とお)い。

譯 距離遙遠。

08 | きらす【切らす】

(他五) 用盡，用光

例 名刺(めいし)を切(き)らす。

譯 名片用完。

09 | こ【小】

(接頭) 小，少；稍微

例 小雨(こさめ)が降(ふ)る。

譯 下小雨。

10 | こい【濃い】

(形) 色或味濃深；濃稠，密

例 化粧(けしょう)が濃(こ)い。

譯 化著濃妝。

11 | こう【高】

(名·漢造) 高；高處，高度；(地位等)高

例 高層(こうそう)ビルを建築(けんちく)する。

譯 蓋摩天大樓。

12 | こえる【越える・超える】

(自下一) 越過；度過；超出，超過

例 山(やま)を越(こ)える。

譯 翻過山頭。

13 | ごと

(接尾) (表示包含在內)一共，連同

例 リンゴを皮(かわ)ごと食(た)べる。

譯 蘋果帶皮一起吃。

14 | ごと【毎】

(接尾) 每

例 月(つき)ごとの支払(しはら)いになる。

譯 規定每月支付。

15 | さい【最】

(漢造·接頭) 最

例 学年(がくねん)で最優秀(さいゆうしゅう)の成績(せいせき)を取(と)った。

譯 得到了全學年第一名的成績。

16 | さまざま【様々】

(名·形動) 種種，各式各樣的，形形色色的

例 様々(さまざま)な原因(げんいん)を考(かんが)えた。

譯 想到了各種原因。

17 | しゅるい【種類】

(名) 種類

例 種類(しゅるい)が多(おお)い。

譯 種類繁多。

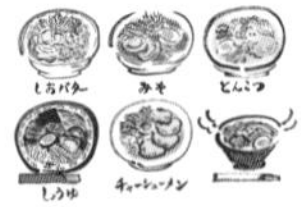

18 | しょ【初】

(漢造) 初，始；首次，最初

例 初級(しょきゅう)から上級(じょうきゅう)までレベルが揃(そろ)っている。

譯 從初級到高級等各種程度都有。

19 | しょうすう【少数】

(名) 少數

例 少数(しょうすう)の意見(いけん)を大事(だいじ)にする。

譯 尊重少數的意見。

20 | すくなくとも【少なくとも】

(副) 至少，對低，最低限度

例 少(すく)なくとも３時間(じかん)はかかる。

譯 至少要花３個小時。

21 | すこしも【少しも】

(副)（下接否定）一點也不，絲毫也不

例 お金(かね)には、少(すこ)しも興味(きょうみ)がない。

譯 金錢這東西，我一點都不感興趣。

22 | ぜん【全】

(漢造) 全部，完全；整個；完整無缺

例 全科目(ぜんかもく)の成績(せいせき)が上(あ)がる。

譯 全科成績都進步。

23 | センチ【centimeter】

(名) 厘米，公分

例 １センチ右(みぎ)に動(うご)かす。

譯 往右移動了一公分。

24 | そう【総】

(漢造) 總括；總覽；總，全體；全部

例 総員(そういん) 50 名(めい)だ。

譯 總共有50人。

25 | そく【足】

(接尾·漢造) (助數詞)雙；足；足夠；添

例 靴下(くつした)を 2 足(そく)買(か)った。

譯 買了兩雙襪子。

26 | そろう【揃う】

(自五) (成套的東西)備齊；成套；一致，(全部)一樣，整齊；(人)到齊，齊聚

例 色々(いろいろ)な商品(しょうひん)が揃(そろ)った。

譯 各種商品一應備齊。

27 | そろえる【揃える】

(他下一) 使…備齊；使…一致；湊齊，弄齊，使成對

例 必要(ひつよう)なものを揃(そろ)える。

譯 準備好必需品。

28 | たてなが【縦長】

(名) 矩形，長形

例 縦長(たてなが)の封筒(ふうとう)が多(おお)く使(つか)われている。

譯 有許多人使用長方形的信封。

29 | たん【短】

(名·漢造) 短；不足，缺點

例 LINE と Facebook、それぞれの短所(たんしょ)は何(なん)ですか。

譯 LINE和臉書的缺點各是什麼？

30 | ちぢめる【縮める】

(他下一) 縮小，縮短，縮減；縮回，捲縮，起皺紋

例 亀(かめ)が驚(おどろ)いて首(くび)を縮(ちぢ)めた。

譯 烏龜受了驚嚇把頭縮了起來。

20-3 量、長さ、広さ、重さなど(2)／
量、容量、長度、面積、重量等(2)

N3 ◎20-3(2)

01 つき【付き】

(接尾)(前接某些名詞)樣子；附屬

例 デザート付きの定食を注文する。

譯 點附甜點的套餐。

02 つく【付く】

(自五)附著，沾上；長，添增；跟隨；隨從，聽隨；偏坦；設有；連接著

例 ご飯粒が付く。

譯 沾到飯粒。

03 つづき【続き】

(名)接續，繼續；接續部分，下文；接連不斷

例 続きがある。

譯 有後續。

04 つづく【続く】

(自五)繼續，延續，連續；接連發生，接連不斷；隨後發生，接著；連著，通到，與…接連；接得上，夠用；後繼，跟上；次於，居次位

例 暖かい日が続いた。

譯 一連好幾天都很暖和。

05 とう【等】

(接尾)等等；(助數詞用法，計算階級或順位的單位)等(級)

例 フランス、ドイツ等の EU 諸国が対象になる。

譯 以法、德等歐盟各國為對象。

06 トン【ton】

(名)(重量單位)噸，公噸，一千公斤

例 1万トンの船が入ってきた。

譯 一萬噸的船隻開進來了。

07 なかみ【中身】

(名)裝在容器裡的內容物，內容；刀身

例 中身がない。

譯 沒有內容。

08 | のうど【濃度】

㊔ 濃度

例 放射能濃度(ほうしゃのうのうど)が高(たか)い。

譯 輻射線濃度高。

09 | ばい【倍】

(名·漢造·接尾) 倍，加倍；(數助詞的用法)倍

例 賞金(しょうきん)を倍(ばい)にする。

譯 獎金加倍。

10 | はば【幅】

㊔ 寬度，幅面；幅度，範圍；勢力；伸縮空間

例 幅(はば)を広(ひろ)げる。

譯 拓寬。

11 | ひょうめん【表面】

㊔ 表面

例 表面(ひょうめん)だけ飾(かざ)る。

譯 只裝飾表面。

12 | ひろがる【広がる】

(自五) 開放，展開；(面積、規模、範圍)擴大，蔓延，傳播

例 事業(じぎょう)が広(ひろ)がる。

譯 擴大事業。

13 | ひろげる【広げる】

(他下一) 打開，展開；(面積、規模、範圍)擴張，發展

例 趣味(しゅみ)の範囲(はんい)を広(ひろ)げる。

譯 擴大嗜好的範圍。

14 | ひろさ【広さ】

㊔ 寬度，幅度，廣度

例 広(ひろ)さは３万坪(まんつぼ)ある。

譯 有３萬坪的寬度。

15 | ぶ【無】

(接頭·漢造) 無，沒有，缺乏

例 店員(てんいん)が無愛想(ぶあいそう)で不親切(ふしんせつ)だ。

譯 店員不和氣又不親切。

16 | **ふくめる【含める】**

(他下一) 包含，含括；囑咐，告知，指導

例 子(こ)どもを含(ふく)めて300人(にん)だ。

譯 包括小孩在內共300人。

17 | **ふそく【不足】**

(名·形動·自サ) 不足，不夠，短缺；缺乏，不充分；不滿意，不平

例 不足(ふそく)を補(おぎな)う。

譯 彌補不足。

18 | **ふやす【増やす】**

(他五) 繁殖；增加，添加

例 人手(ひとで)を増(ふ)やす。

譯 增加人手。

19 | **ぶん【分】**

(名·漢造) 部分；份；本分；地位

例 減(へ)った分(ぶん)を補(おぎな)う。

譯 補充減少部分。

20 | **へいきん【平均】**

(名·自サ·他サ) 平均；(數)平均值；平衡，均衡

例 1月(がつ)の平均気温(へいきんきおん)は氷点下(ひょうてんか)だ。

譯 一月的平均氣溫在冰點以下。

21 | **へらす【減らす】**

(他五) 減，減少；削減，縮減；空(腹)

例 体重(たいじゅう)を減(へ)らす。

譯 減輕體重。

22 | **へる【減る】**

(自五) 減，減少；磨損；(肚子)餓

例 収入(しゅうにゅう)が減(へ)る。

譯 收入減少。

23 | **ほんの**

(連體) 不過，僅僅，一點點

例 ほんの少(すこ)し残(のこ)っている。

譯 只有留下一點點。

24 | **ますます【益々】**

(副) 越發，益發，更加

例 ますます強(つよ)くなる。

譯 更加強大了。

25 | **ミリ【(法) millimetre 之略】**

(造語·名) 毫，千分之一；毫米，公厘

例 1時間(じかん)100ミリの豪雨(ごうう)を記録(きろく)する。

譯 一小時達到下100毫米雨的記錄。

26 | **むすう【無数】**

(名·形動) 無數

例 無数(むすう)の星(ほし)が空(そら)に輝(かがや)いていた。

譯 有無數的星星在天空閃爍。

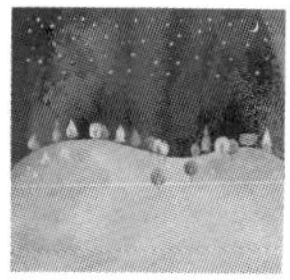

27 | **めい【名】**

(接尾) (計算人數)名，人

例 3名一組(めいひとくみ)になる。

譯 3個人一組。

28 | **やや**

(副) 稍微，略；片刻，一會兒

例 やや短(みじか)すぎる。

譯 有點太短。

29 | **わずか【僅か】**

(副·形動) (數量、程度、價值、時間等)很少，僅僅；一點也(後加否定)

例 わずかに覚(おぼ)えている。

譯 略微記得。

20-4 回数、順番／次數、順序

Track061

01 | **い【位】**

(接尾) 位；身分，地位

例 学年(がくねん)で一位(いちい)になる。

譯 年度中取得第一。

02 | いちれつ【一列】

名 一列，一排

いちれつ　なら
例 一列に並ぶ。

譯 排成一列。

03 | おいこす【追い越す】

他五 超過，趕過去

まえ　ひと　お　こ
例 前の人を追い越す。

譯 趕過前面的人。

04 | くりかえす【繰り返す】

他五 反覆，重覆

しっぱい　く　かえ
例 失敗を繰り返す。

譯 重蹈覆轍。

05 | じゅんばん【順番】

名 輪班（的次序），輪流，依次交替

じゅんばん　ま
例 順番を待つ。

譯 依序等待。

06 | だい【第】

漢造・接頭 順序；考試及格，錄取

あいて　だいいち　かんが
例 相手のことを第一に考える。

譯 以對方為第一優先考慮。

07 | ちゃく【着】

名・接尾・漢造 到達，抵達；（計算衣服的單位）套；（記數順序或到達順序）著，名；穿衣；黏貼；沉著；著手

ちゃく いない　はい
例 ３着以内に入った。

譯 進入前３名。

08 | つぎつぎ・つぎつぎに・つぎつぎと【次々・次々に・次々と】

副 一個接一個，接二連三地，絡繹不絕的，紛紛；按著順序，依次

つぎつぎ　じけん　お
例 次々と事件が起こる。

譯 案件接二連三發生。

09 | トップ【top】

名 尖端；（接力賽）第一棒；領頭，率先；第一位，首位，首席

せいせき　の
例 成績がトップまで伸びる。

譯 成績前進到第一名。

10 | ふたたび
【再び】

副 再一次，又，重新

例 再(ふたた)びやってきた。

譯 捲土重來。

11 | れつ
【列】

名·漢造 列，隊列，隊；排列；行，列，級，排

例 列(れつ)に並(なら)ぶ。

譯 排成一排。

12 | れんぞく
【連続】

名·他サ·自サ 連續，接連

例 ３年連続黒字(ねんれんぞくくろじ)になる。

譯 連續了３年的盈餘。

20-5 図形、模様、色彩／圖形、花紋、色彩

N3 20-5

01 | かた
【型】

名 模子，形，模式；樣式

例 型(かた)をとる。

譯 模壓成型。

02 | カラー
【color】

名 色，彩色；(繪畫用)顏料；特色

例 カラーは白(しろ)と黒(くろ)がある。

譯 顏色有白的跟黑的。

03 | くろ
【黒】

名 黑，黑色；犯罪，罪犯

例 黒(くろ)に染(そ)める。

譯 染成黑色。

04 | さんかく
【三角】

名 三角形

例 三角(さんかく)にする。

譯 畫成三角。

05 | しかく【四角】

㊔ 四角形，四方形，方形

例 四角の所の数字を求める。

譯 請算出方形處的數字。

06 | しま【縞】

㊔ 條紋，格紋，條紋布

例 縞模様を描く。

譯 畫出條紋。

07 | しまがら【縞柄】

㊔ 條紋花樣

例 この縞柄が気に入った。

譯 喜歡這種條紋花樣。

08 | しまもよう【縞模様】

㊔ 條紋花樣

例 縞模様のシャツを持つ。

譯 有條紋襯衫。

09 | じみ【地味】

形動 素氣，樸素，不華美；保守

例 色は地味だがデザインがいい。

譯 顏色雖樸素但設計很凸出。

10 | しょく【色】

漢造 顏色；臉色，容貌；色情；景象

例 顔色を失う。

譯 花容失色。

11 | しろ【白】

㊔ 白，皎白，白色；清白

例 雪で辺りは一面真っ白になった。

譯 雪把這裡變成了一片純白的天地。

12 | ストライプ【strip】

㊔ 條紋；條紋布

例 制服は白と青のストライプです。

譯 制服上面印有白和藍條紋圖案。

13 | ずひょう【図表】

㊔ 圖表

じっけん　けっか　ずひょう
例 実験の結果を図表にする。

譯 將實驗結果以圖表呈現。

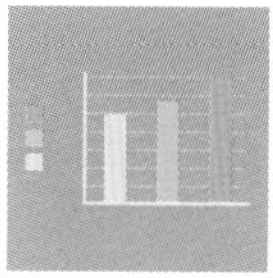

14 | ちゃいろい【茶色い】

形 茶色

ちゃいろ　かみ　お
例 茶色い紙で折る。

譯 用茶色的紙張摺紙。

15 | はいいろ【灰色】

㊔ 灰色

そら　はいいろ
例 空が灰色だ。

譯 天空是灰色的。

16 | はながら【花柄】

㊔ 花的圖樣

はながら　あ
例 花柄のワンピースに合う。

譯 跟有花紋圖樣的連身洋裝很搭配。

17 | はなもよう【花模様】

㊔ 花的圖樣

はなもよう　と　だ
例 花模様のハンカチを取り出した。

譯 取出綴有花樣的手帕。

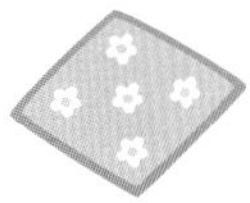

18 | ピンク【pink】

㊔ 桃紅色，粉紅色；桃色

いろ　か
例 ピンク色のセーターを貸す。

譯 借出粉紅色的毛衣。

19 | まじる【混じる・交じる】

自五 夾雜，混雜；加入，交往，交際

いろいろ　いろ　ま
例 色々な色が混じっている。

譯 加入各種顏色。

20 | まっくろ【真っ黒】

名·形動 漆黑，烏黑

ひざ　ま　くろ
例 日差しで真っ黒になった。

譯 被太陽晒得黑黑的。

21 | **まっさお**
【真っ青】

(名·形動) 蔚藍，深藍；(臉色)蒼白

例 真っ青な顔をしている。

譯 變成鐵青的臉。

22 | **まっしろ**
【真っ白】

(名·形動) 雪白，淨白，皓白

例 頭の中が真っ白になる。

譯 腦中一片空白。

23 | **まっしろい**
【真っ白い】

(形) 雪白的，淨白的，皓白的

例 真っ白い雪が降ってきた。

譯 下起雪白的雪來了。

24 | **まる**
【丸】

(名·造語·接頭·接尾) 圓形，球狀；句點；完全

例 丸を書く。

譯 畫圈圈。

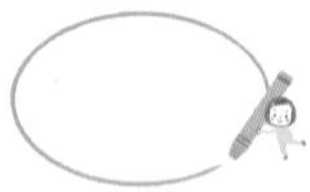

25 | **みずたまもよう**
【水玉模様】

(名) 小圓點圖案

例 水玉模様の洋服がかわいらしい。

譯 圓點圖案的衣服可愛極了。

26 | **むじ**
【無地】

(名) 素色

例 ワイシャツは無地がいい。

譯 襯衫以素色的為佳。

27 | **むらさき**
【紫】

(名) 紫，紫色；醬油；紫丁香

例 好みの色は紫です。

譯 喜歡紫色。

パート
21

教育

- 教育 -

21-1 教育、学習／教育、學習

N3 21-1

01 おしえ【教え】

㊔ 教導，指教，教誨；教義

例 先生（せんせい）の教（おし）えを守（まも）る。

譯 謹守老師的教誨。

02 おそわる【教わる】

他五 受教，跟…學習

例 パソコンの使（つか）い方（かた）を教（おそ）わる。

譯 學習電腦的操作方式。

03 か【科】

名·漢造 （大專院校）科系；（區分種類）科

例 英文科（えいぶんか）だから英語（えいご）を勉強（べんきょう）する。

譯 因為是英文系所以讀英語。

04 かがく【化学】

㊔ 化學

例 化学（かがく）を知（し）る。

譯 認識化學。

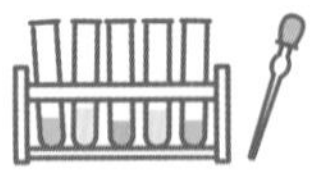

05 かていか【家庭科】

㊔ （學校學科之一）家事，家政

例 家庭科（かていか）を学（まな）ぶ。

譯 學家政課。

06 きほん【基本】

㊔ 基本，基礎，根本

例 基本（きほん）をゼロから学（まな）ぶ。

譯 學習基礎東西。

07 きほんてき（な）【基本的（な）】

形動 基本的

例 基本的（きほんてき）な単語（たんご）から教（おし）える。

譯 教授基本單字。

08 | きょう
【教】

(漢造) 教，教導；宗教

例 仏教(ぶっきょう)が伝(つた)わる。

譯 佛教流傳。

09 | きょうかしょ
【教科書】

(名) 教科書，教材

例 歴史(れきし)の教科書(きょうかしょ)を使(つか)う。

譯 使用歷史教科書。

10 | こうか
【効果】

(名) 效果，成效，成績；(劇)效果

例 効果(こうか)が上(あ)がる。

譯 效果提升。

11 | こうみん
【公民】

(名) 公民

例 公民(こうみん)の授業(じゅぎょう)で政治(せいじ)を学(まな)んだ。

譯 在公民課上學了政治。

12 | さんすう
【算数】

(名) 算數，初等數學；計算數量

例 算数(さんすう)が苦手(にがて)だ。

譯 不擅長算數。

13 | しかく
【資格】

(名) 資格，身分；水準

例 資格(しかく)を持(も)つ。

譯 擁有資格。

14 | どくしょ
【読書】

(名·自サ) 讀書

例 読書(どくしょ)だけで人(ひと)は変(か)わる。

譯 光是讀書就能改變人生。

15 | ぶつり
【物理】

(名) (文)事物的道理；物理(學)

例 物理(ぶつり)に強(つよ)い。

譯 物理學科很強。

16 | **ほけんたいいく【保健体育】**

㊔（國高中學科之一）保健體育

例 保健体育(ほけんたいいく)の授業(じゅぎょう)を見学(けんがく)する。

譯 參觀健康體育課。

17 | **マスター【master】**

名·他サ 老闆；精通

例 日本語(にほんご)をマスターしたい。

譯 我想精通日語。

18 | **りか【理科】**

㊔ 理科（自然科學的學科總稱）

例 理科系(りかけい)に進(すす)むつもりだ。

譯 準備考理科。

19 | **りゅうがく【留学】**

名·自サ 留學

例 アメリカに留学(りゅうがく)する。

譯 去美國留學。

21-2 学校／學校

N3 21-2

01 | **がくれき【学歴】**

㊔ 學歷

例 学歴(がくれき)が高(たか)い。

譯 學歷高。

02 | **こう【校】**

漢造 學校；校對；（軍銜）校；學校

例 校則(こうそく)を守(まも)る。

譯 遵守校規。

03 | **ごうかく【合格】**

名·自サ 及格；合格

例 試験(しけん)に合格(ごうかく)する。

譯 考試及格。

04 | しょうがくせい【小学生】

㊔ 小學生

例 小学生(しょうがくせい)になる。

譯 上小學。

05 | しん【新】

(名·漢造) 新；剛收穫的；新曆

例 新学期(しんがっき)が始(はじ)まった。

譯 新學期開始了。

06 | しんがく【進学】

(名·自サ) 升學；進修學問

例 大学(だいがく)に進学(しんがく)する。

譯 念大學。

07 | しんがくりつ【進学率】

㊔ 升學率

例 あの高校(こうこう)は進学率(しんがくりつ)が高(たか)い。

譯 那所高中升學率很高。

08 | せんもんがっこう【専門学校】

㊔ 專科學校

例 専門学校(せんもんがっこう)に行(い)く。

譯 進入專科學校就讀。

09 | たいがく【退学】

(名·自サ) 退學

例 退学(たいがく)して仕事(しごと)を探(さが)す。

譯 退學後去找工作。

10 | だいがくいん【大学院】

㊔ (大學的)研究所

例 大学院(だいがくいん)に進(すす)む。

譯 進研究所唸書。

11 | たんきだいがく【短期大学】

㊔ (兩年或3年制的)短期大學

例 短期大学(たんきだいがく)で勉強(べんきょう)する。

譯 在短期大學裡就讀。

12 | **ちゅうがく【中学】**

㊔ 中學，初中

例 中学生（ちゅうがくせい）になった。

譯 上了國中。

21-3 学生生活／學生生活

N3 21-3

01 | **うつす【写す】**

他五 抄襲，抄寫；照相；摹寫

例 ノートを写（うつ）す。

譯 抄寫筆記。

02 | **か【課】**

名·漢造 (教材的)課；課業；(公司等)課，科

例 第（だい）3課（か）を練習（れんしゅう）する。

譯 練習第3課。

03 | **かきとり【書き取り】**

名·自サ 抄寫，記錄；聽寫，默寫

例 書（か）き取（と）りのテストを行（おこな）う。

譯 進行聽寫測驗。

04 | **かだい【課題】**

㊔ 提出的題目；課題，任務

例 課題（かだい）を解決（かいけつ）する。

譯 解決課題。

05 | **かわる【換わる】**

自五 更換，更替

例 教室（きょうしつ）が換（か）わる。

譯 換教室。

06 | **クラスメート【classmate】**

㊔ 同班同學

例 クラスメートに会（あ）う。

譯 與同班同學見面。

07 | **けっせき【欠席】**

(名·自サ) 缺席

例 授業(じゅぎょう)を欠席(けっせき)する。

譯 上課缺席。

08 | **さい【祭】**

(漢造) 祭祀，祭禮；節日，節日的狂歡

例 文化祭(ぶんかさい)が行(おこな)われる。

譯 舉辦文化祭。

09 | **ざいがく【在学】**

(名·自サ) 在校學習，上學

例 在学中(ざいがくちゅう)のことを思(おも)い出(だ)す。

譯 想起求學時的種種。

10 | **じかんめ【時間目】**

(接尾) 第…小時

例 2時間目(じかんめ)の授業(じゅぎょう)を受(う)ける。

譯 上第2節課。

11 | **チャイム【chime】**

(名) 組鐘；門鈴

例 チャイムが鳴(な)った。

譯 鈴聲響了。

12 | **てんすう【点数】**

(名) (評分的)分數

例 読解(どっかい)の点数(てんすう)はまあまあだった。

譯 閱讀理解項目的分數還算可以。

13 | **とどける【届ける】**

(他下一) 送達；送交；報告

例 忘(わす)れ物(もの)を届(とど)ける。

譯 把遺失物送回來。

14 | **ねんせい【年生】**

(接尾) …年級生

例 3年生(ねんせい)に上(あ)がる。

譯 升為3年級。

15 | もん
【問】

(接尾)（計算問題數量）題

例 5問（もん）のうち4問（もん）は正解（せいかい）だ。

譯 5題中對4題。

---

16 | らくだい
【落第】

(名·自サ) 不及格，落榜，沒考中；留級

例 彼（かれ）は落第（らくだい）した。

譯 他落榜了。

パート
22

行事、一生の出来事

- 儀式活動、一輩子會遇到的事情 -

01 | いわう
【祝う】

(他五) 祝賀，慶祝；祝福；送賀禮；致賀詞

例 成人を祝う。

譯 慶祝長大成人。

02 | きせい
【帰省】

(名·自サ) 歸省，回家(省親)，探親

例 お正月に帰省する。

譯 元月新年回家探親。

03 | クリスマス
【christmas】

(名) 聖誕節

例 メリークリスマス。

譯 聖誕節快樂！

04 | まつり
【祭り】

(名) 祭祀；祭日，廟會祭典

例 お祭りを楽しむ。

譯 觀賞節日活動。

05 | まねく
【招く】

(他五)（搖手、點頭）招呼；招待，宴請；招聘，聘請；招惹，招致

例 パーティーに招かれた。

譯 受邀參加派對。

パート
23

道具

- 工具 -

23-1 道具 (1) ／工具 (1)

N3 ◎ 23-1(1)

01 | おたまじゃくし【お玉杓子】

㊔ 圓杓，湯杓；蝌蚪

例 お玉(たま)じゃくしを持(も)つ。

譯 拿湯杓。

02 | かん【缶】

㊔ 罐子

例 缶詰(かんづめ)にする。

譯 做成罐頭。

03 | かんづめ【缶詰】

㊔ 罐頭；關起來，隔離起來；擁擠的狀態

例 缶詰(かんづめ)を開(あ)ける。

譯 打開罐頭。

04 | くし【櫛】

㊔ 梳子

例 櫛(くし)を髪(かみ)に挿(さ)す。

譯 頭髮插上梳子。

05 | こくばん【黒板】

㊔ 黑板

例 黒板(こくばん)を拭(ふ)く。

譯 擦黑板。

06 | ゴム【（荷）gom】

㊔ 樹膠，橡皮，橡膠

例 輪(わ)ゴムで結(むす)んでください。

譯 請用橡皮筋綁起來。

07 | ささる【刺さる】

自五 刺在…在，扎進，刺入

例 布団(ふとん)に針(はり)が刺(さ)さっている。

譯 被子有針插著。

08 | しゃもじ【杓文字】

㊔ 杓子，飯杓

例 しゃもじにご飯(はん)がついている。

譯 飯匙上沾著飯。

09 | しゅうり【修理】

名·他サ 修理，修繕

例 車(くるま)を修理(しゅうり)する。

譯 修繕車子。

10 | せいのう【性能】

㊔ 性能，機能，效能

例 性能(せいのう)が悪(わる)い。

譯 性能不好。

11 | せいひん【製品】

㊔ 製品，產品

例 製品(せいひん)のデザインを決(き)める。

譯 決定把新產品的設計定案。

12 | せんざい【洗剤】

㊔ 洗滌劑，洗衣粉（精）

例 洗剤(せんざい)で洗(あら)う。

譯 用洗滌劑清洗。

13 | タオル【towel】

㊔ 毛巾；毛巾布

例 タオルを洗(あら)う。

譯 洗毛巾。

14 | ちゅうかなべ【中華なべ】

㊔ 中華鍋（炒菜用的中式淺底鍋）

例 中華(ちゅうか)なべで野菜(やさい)を炒(いた)める。

譯 用中式淺底鍋炒菜。

15 | でんち【電池】

㊔（理）電池

例 電池(でんち)がいる。

譯 需要電池。

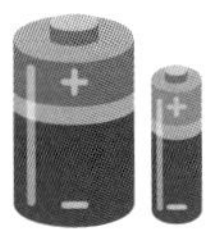

16 | **テント**
【tent】

㊔ 帳篷

例 テントを張(は)る。

譯 搭帳篷。

17 | **なべ**
【鍋】

㊔ 鍋子；火鍋

例 鍋(なべ)で野菜(やさい)を炒(いた)める。

譯 用鍋炒菜。

18 | **のこぎり**
【鋸】

㊔ 鋸子

例 のこぎりで板(いた)を引(ひ)く。

譯 用鋸子鋸木板。

19 | **はぐるま**
【歯車】

㊔ 齒輪

例 機械(きかい)の歯車(はぐるま)に油(あぶら)を差(さ)した。

譯 往機器的齒輪裡注了油。

20 | **はた**
【旗】

㊔ 旗，旗幟；(佛)幡

例 旗(はた)をかかげる。

譯 掛上旗子。

23-1 道具 (2) ／ 工具 (2)

N3 ◎ 23-1(2)

01 | **ひも**
【紐】

㊔ (布、皮革等的)細繩，帶

例 靴(くつ)ひもを結(むす)ぶ。

譯 繫鞋帶。

02 | **ファスナー**
【fastener】

㊔ (提包、皮包與衣服上的)拉鍊

例 ファスナーがついている。

譯 有附拉鍊。

03 | ふくろ・～ぶくろ【袋】

名 袋子；口袋；囊

例 袋(ふくろ)に入(い)れる。

譯 裝入袋子。

04 | ふた【蓋】

名（瓶、箱、鍋等）的蓋子；（貝類的）蓋

例 蓋(ふた)をする。

譯 蓋上。

05 | ぶつ【物】

名・漢造 大人物；物，東西

例 危険物(きけんぶつ)の持(も)ち込(こ)みはやめましょう。

譯 請勿帶入危險物品。

06 | フライがえし【fry 返し】

名（把平底鍋裡煎的東西翻面的用具）鍋鏟

例 使(つか)いやすいフライ返(がえ)しを選(えら)ぶ。

譯 選擇好用的炒菜鏟。

07 | フライパン【frypan】

名 平底鍋

例 フライパンで焼(や)く。

譯 用平底鍋烤。

08 | ペンキ【（荷）pek】

名 油漆

例 ペンキが乾(かわ)いた。

譯 油漆乾了。

09 | ベンチ【bench】

名 長凳，長椅；（棒球）教練、選手席

例 ベンチに腰掛(こしか)ける。

譯 坐到長椅上。

10 | ほうちょう【包丁】

名 菜刀；廚師；烹調手藝

例 包丁(ほうちょう)で切(き)る。

譯 用菜刀切。

11 | マイク
【mike】

名 麥克風

例 マイクを通(つう)じて話(はな)す。

譯 透過麥克風說話。

---

12 | まないた
【まな板】

名 切菜板

例 まな板(いた)の上(うえ)で野菜(やさい)を切(き)る。

譯 在砧板切菜。

---

13 | ゆのみ
【湯飲み】

名 茶杯，茶碗

例 湯飲(ゆの)み茶碗(ちゃわん)を手(て)に入(い)れる。

譯 得到茶杯。

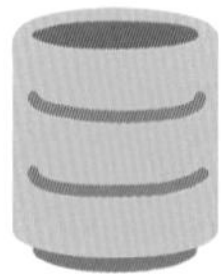

---

14 | ライター
【lighter】

名 打火機

例 ライターで火(ひ)をつける。

譯 用打火機點火。

---

15 | ラベル
【label】

名 標籤，籤條

例 金額(きんがく)のラベルを張(は)る。

譯 貼上金額標籤。

---

16 | リボン
【ribbon】

名 緞帶，絲帶；髮帶；蝴蝶結

例 リボンを付(つ)ける。

譯 繫上緞帶。

---

17 | レインコート
【raincoat】

名 雨衣

例 レインコートを忘(わす)れた。

譯 忘了帶雨衣。

---

18 | ロボット
【robot】

名 機器人；自動裝置；傀儡

例 家事(かじ)をしてくれるロボットが人気(にんき)だ。

譯 會幫忙做家事的機器人很受歡迎。

19 | **わん**
【椀・碗】

㊔ 碗，木碗；(計算數量)碗

例 一碗(いちわん)のお茶(ちゃ)を頂(いただ)く。

譯 喝一碗茶。

23-2 家具、工具、文房具／傢俱、工作器具、文具

N3 ◎23-2

01 | **アイロン**
【iron】

㊔ 熨斗，烙鐵

例 アイロンをかける。

譯 用熨斗燙。

02 | **アルバム**
【album】

㊔ 相簿，記念冊

例 スマホの写真(しゃしん)でアルバムを作(つく)る。

譯 把手機裡的照片編作相簿。

03 | **インキ**
【ink】

㊔ 墨水

例 万年筆(まんねんひつ)のインキがなくなる。

譯 鋼筆的墨水用完。

04 | **インク**
【ink】

㊔ 墨水，油墨(也寫作「インキ」)

例 インクをつける。

譯 醮墨水。

05 | **エアコン**
【air conditioning 之略】

㊔ 空調；溫度調節器

例 エアコンつきの部屋(へや)を探(さが)す。

譯 找附有冷氣的房子。

06 | **カード**
【card】

㊔ 卡片；撲克牌

例 カードを切(き)る。

譯 洗牌。

07 | **カーペット【carpet】**

㊔ 地毯

例 カーペットにコーヒーをこぼした。

譯 把咖啡灑到地毯上了。

08 | **かぐ【家具】**

㊔ 家具

例 家具(かぐ)を置(お)く。

譯 放家具。

09 | **かでんせいひん【家電製品】**

㊔ 家用電器

例 家電製品(かでんせいひん)を安全(あんぜん)に使(つか)う。

譯 安全使用家電用品。

10 | **かなづち【金槌】**

㊔ 釘錘，榔頭；旱鴨子

例 金槌(かなづち)で釘(くぎ)を打(う)つ。

譯 用榔頭敲打釘子。

11 | **き【機】**

(名·接尾·漢造) 機器；時機；飛機；(助數詞用法)架

例 洗濯機(せんたくき)が壊(こわ)れた。

譯 洗衣機壞了。

12 | **クーラー【cooler】**

㊔ 冷氣設備

例 クーラーをつける。

譯 開冷氣。

13 | **さす【指す】**

(他五) 指，指示；使，叫，令，命令做…

例 時計(とけい)が2時(じ)を指(さ)している。

譯 時鐘指著兩點。

14 | **じゅうたん【絨毯】**

㊔ 地毯

例 絨毯(じゅうたん)を織(お)ってみた。

譯 試著編地毯。

15 **じょうぎ【定規】**

㊔（木工使用）尺，規尺；標準

例 定規で線を引く。

譯 用尺畫線。

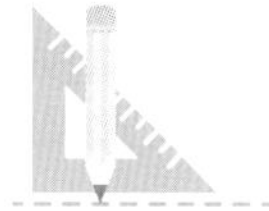

16 **しょっきだな【食器棚】**

㊔餐具櫃，碗廚

例 食器棚に皿を置く。

譯 把盤子放入餐具櫃裡。

17 **すいはんき【炊飯器】**

㊔電子鍋

例 炊飯器でご飯を炊く。

譯 用電鍋煮飯。

18 **せき【席】**

（名·漢造）席，坐墊；席位，坐位

例 席を譲る。

譯 讓座。

19 **せともの【瀬戸物】**

㊔陶瓷品

例 瀬戸物の茶碗を大事にしている。

譯 非常珍惜陶瓷碗。

20 **せんたくき【洗濯機】**

㊔洗衣機

例 洗濯機で洗う。

譯 用洗衣機洗。

21 **せんぷうき【扇風機】**

㊔風扇，電扇

例 扇風機を止める。

譯 關上電扇。

22 **そうじき【掃除機】**

㊔除塵機，吸塵器

例 掃除機をかける。

譯 用吸塵器清掃。

23 | **ソファー【sofa】**

㊔ 沙發（亦可唸作「ソファ」）

例 ソファーに座（すわ）る。

譯 坐在沙發上。

---

24 | **たんす**

㊔ 衣櫥，衣櫃，五斗櫃

例 たんすにしまった。

譯 收入衣櫃裡。

---

25 | **チョーク【chalk】**

㊔ 粉筆

例 チョークで黒板（こくばん）に書（か）く。

譯 用粉筆在黑板上寫字。

---

26 | **てちょう【手帳】**

㊔ 筆記本，雜記本

例 手帳（てちょう）で予定（よてい）を確認（かくにん）する。

譯 翻看隨身記事本確認行程。

---

27 | **でんしレンジ【電子 range】**

㊔ 電子微波爐

例 電子（でんし）レンジで温（あたた）める。

譯 用微波爐加熱。

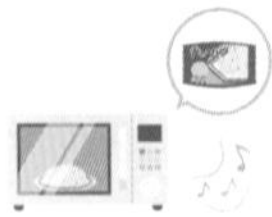

---

28 | **トースター【toaster】**

㊔ 烤麵包機

例 トースターで焼（や）く。

譯 以烤箱加熱。

---

29 | **ドライヤー【dryer・drier】**

㊔ 乾燥機，吹風機

例 ドライヤーをかける。

譯 用吹風機吹。

---

30 | **はさみ【鋏】**

㊔ 剪刀；剪票鉗

例 はさみで切（き）る。

譯 用剪刀剪。

23 - 工具 -

31 | ヒーター
【heater】

㊔ 電熱器，電爐；暖氣裝置

例 ヒーターをつける。

譯 裝暖氣。

---

32 | びんせん
【便箋】

㊔ 信紙，便箋

例 かわいい便箋（びんせん）をダウンロードする。

譯 下載可愛的信紙。

---

33 | ぶんぼうぐ
【文房具】

㊔ 文具，文房四寶

例 文房具（ぶんぼうぐ）屋（や）さんでペンを買（か）って来（き）た。

譯 去文具店買了筆回來。

---

34 | まくら
【枕】

㊔ 枕頭

例 枕（まくら）につく。

譯 就寢，睡覺。

---

35 | ミシン
【sewingmachine 之略】

㊔ 縫紉機

例 ミシンで着物（きもの）を縫（ぬ）い上（あ）げる。

譯 用縫紉機縫好一件和服。

23-3 容器類／容器類

N3 23-3

01 | さら
【皿】

㊔ 盤子；盤形物；（助數詞）一碟等

例 料理（りょうり）を皿（さら）に盛（も）る。

譯 把菜放到盤子裡。

---

02 | すいとう
【水筒】

㊔ （旅行用）水筒，水壺

例 水筒（すいとう）に熱（あつ）いコーヒーを入（い）れる。

譯 把熱咖啡倒入水壺。

03 | **びん【瓶】**	㊔ 瓶，瓶子 例 瓶(びん)を壊(こわ)す。 譯 打破瓶子。

04 | **メモリー・メモリ【memory】**	㊔ 記憶，記憶力；懷念；紀念品；(電腦)記憶體 例 メモリーが不足(ふそく)している。 譯 記憶體空間不足。

05 | **ロッカー【locker】**	㊔ (公司、機關用可上鎖的)文件櫃；(公共場所用可上鎖的)置物櫃，置物箱，櫃子 例 ロッカーに入(い)れる。 譯 放進置物櫃裡。

23-4 照明、光学機器、音響、情報機器／燈光照明、光學儀器、音響、信息器具

N3 23-4

01 | **CDドライブ【CD drive】**	㊔ 光碟機 例 CD ドライブが開(ひら)かない。 譯 光碟機沒辦法打開。

02 | **DVD デッキ【DVD tape deck】**	㊔ DVD 播放機 例 DVD デッキが壊(こわ)れた。 譯 DVD播映機壞了。

03 | **DVDドライブ【DVD drive】**	㊔ (電腦用的)DVD 機 例 DVD ドライブをパソコンにつなぐ 。 譯 把DVD磁碟機接上電腦。

04 | **うつる【写る】**	自五 照相，映顯；顯像；(穿透某物)看到 例 私(わたし)の隣(となり)に写(うつ)っているのは兄(あに)です。 譯 照片中站在我隔壁的是哥哥。

05 | かいちゅうでんとう【懐中電灯】

㊔ 手電筒

例 懐中電灯(かいちゅうでんとう)が必要(ひつよう)だ。

譯 需要手電筒。

06 | カセット【cassette】

㊔ 小暗盒；(盒式)錄音磁帶，錄音帶

例 カセットに入(い)れる。

譯 錄進錄音帶。

07 | がめん【画面】

㊔ (繪畫的)畫面；照片，相片；(電影等)畫面，鏡頭

例 画面(がめん)を見(み)る。

譯 看畫面。

08 | キーボード【keyboard】

㊔ (鋼琴、打字機等)鍵盤

例 キーボードを弾(ひ)く。

譯 彈鍵盤(樂器)。

09 | けいこうとう【蛍光灯】

㊔ 螢光燈，日光燈

例 蛍光灯(けいこうとう)の調子(ちょうし)が悪(わる)い。

譯 日光燈的壞了。

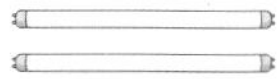

10 | けいたい【携帯】

(名・他サ) 攜帶；手機(「携帯電話(けいたいでんわ)」的簡稱)

例 携帯電話(けいたいでんわ)を持(も)つ。

譯 攜帶手機。

11 | コピー【copy】

㊔ 抄本，謄本，副本；(廣告等的)文稿

例 書類(しょるい)をコピーする。

譯 影印文件。

12 | つける【点ける】

(他下一) 點燃；打開(家電類)

例 クーラーをつける。

譯 開冷氣。

13 | テープ【tape】

㊔ 窄帶，線帶，布帶；卷尺；錄音帶

例 テープに録音(ろくおん)する。

譯 在錄音帶上錄音。

14 | ディスプレイ【display】

㊔ 陳列，展覽，顯示；(電腦的)顯示器

例 ディスプレイをリサイクルに出(だ)す。

譯 把顯示器送去回收。

15 | ていでん【停電】

名·自サ 停電，停止供電

例 台風(たいふう)で停電(ていでん)した。

譯 因為颱風所以停電了。

16 | デジカメ【digital camera 之略】

㊔ 數位相機(「デジタルカメラ」之略稱)

例 デジカメで撮(と)った。

譯 用數位相機拍攝。

17 | デジタル【digital】

㊔ 數位的，數字的，計量的

例 デジタル製品(せいひん)を使(つか)う。

譯 使用數位電子製品。

18 | でんきスタンド【電気 stand】

㊔ 檯燈

例 電気(でんき)スタンドを点(つ)ける。

譯 打開檯燈。

19 | でんきゅう【電球】

㊔ 電燈泡

例 電球(でんきゅう)が切(き)れた。

譯 電燈泡壞了。

20 | ハードディスク【hard disk】

㊔ (電腦)硬碟

例 ハードディスクが壊(こわ)れた。

譯 硬碟壞了。

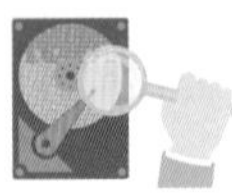

21 | ビデオ
【video】

㊔ 影像，錄影；錄影機；錄影帶

例 ビデオを再生(さいせい)する。

譯 播放錄影帶。

22 | ファックス
【fax】

(名·サ変) 傳真

例 地図(ちず)をファックスする。

譯 傳真地圖。

23 | プリンター
【printer】

㊔ 印表機；印相片機

例 プリンターのインクが切(き)れた。

譯 印表機的油墨沒了。

24 | マウス
【mouse】

㊔ 滑鼠；老鼠

例 マウスを移動(いどう)する。

譯 移動滑鼠。

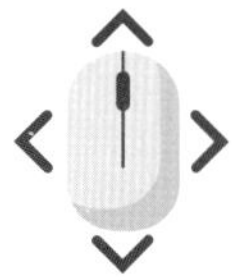

25 | ライト
【light】

㊔ 燈，光

例 ライトを点(つ)ける。

譯 點燈。

26 | ろくおん
【録音】

(名·他サ) 錄音

例 彼(かれ)は録音(ろくおん)のエンジニアだ。

譯 他是錄音工程師。

27 | ろくが
【録画】

(名·他サ) 錄影

例 大河(たいが)ドラマを録画(ろくが)した。

譯 錄下大河劇了。

活用句庫

例 子どもの頃、毎朝母が私の髪を櫛でとかしてくれました。

小時候，每天早上媽媽都拿梳子幫我梳理頭髮。

例 髪が長い方はこのゴムで結んでからお入りください。

長頭髮的來賓請用這裡的橡皮筋把頭髮綁好後再入內。

例 間違えて、食器用の洗剤で髪を洗ってしまいました。

我誤拿洗碗精洗了頭。

練　習

I [a～e]の中から適当な言葉を選んで、(　　)に入れなさい。

a. タオル	b. 洗剤	c. 旗	d. 櫛	e. ゴム

❶ (　　　　　　)で髪を拭いたら、すぐにドライヤーをかけましょう。

❷ (　　　　　　)で髪をとかすだけで何本も抜けるけど、大丈夫かしら。

❸ 中学時代、髪を結ぶ(　　　　　　)の色は黒に決められていました。

❹ 汚れを拭き取ってから洗えば、使う水や(　　　　　　)の量も減らせます。

II [a～e]の中から適当な言葉を選んで、(　　)に入れなさい。

a. 缶詰	b. 歯車	c. テント	d. 電池	e. 鋸

❶ 家族でキャンプに行くので、(　　　　　　)をレンタルしました。

❷ (　　　　　　)で木をまっすぐ切るのは結構難しいです。

❸ 生の魚と魚の(　　　　　　)と、どちらが栄養がありますか。

❹ この頃スマホの(　　　　　　)の減りが早いです。

ANS:

I ①a ②d ③e ④b

II ①c ②e ③a ④d

パート 24

職業、仕事

- 職業、工作 -

24-1 仕事、職場／工作、職場

N3 24-1

01 オフィス【office】

㊔ 辦公室，辦事處；公司；政府機關

例 課長はオフィスにいる。

譯 課長在辦公室。

02 おめにかかる【お目に掛かる】

慣（謙讓語）見面，拜會

例 社長にお目に掛かりたい。

譯 想拜會社長。

03 かたづく【片付く】

自五 收拾，整理好；得到解決，處裡好；出嫁

例 仕事が片付く。

譯 做完工作。

04 きゅうけい【休憩】

名·自サ 休息

例 休憩する暇もない。

譯 連休息的時間也沒有。

05 こうかん【交換】

名·他サ 交換；交易

例 名刺を交換する。

譯 交換名片。

06 ざんぎょう【残業】

名·自サ 加班

例 残業して仕事を片付ける。

譯 加班把工作做完。

07 じしん【自信】

㊔ 自信，自信心

例 自信を持つ。

譯 有自信。

08 | しつぎょう【失業】

(名·自サ) 失業

例 会社が倒産して失業した。

譯 公司倒閉而失業了。

09 | じつりょく【実力】

(名) 實力，實際能力

例 実力がつく。

譯 具有實力。

10 | じゅう【重】

(名·漢造) (文)重大；穩重；重要

例 重要な仕事を任せられている。

譯 接下相當重要的工作。

11 | しゅうしょく【就職】

(名·自サ) 就職，就業，找到工作

例 日本語ができれば就職に有利だ。

譯 會日文對於求職將非常有利。

12 | じゅうよう【重要】

(名·形動) 重要，要緊

例 重要な仕事をする。

譯 從事重要的工作。

13 | じょうし【上司】

(名) 上司，上級

例 上司に確認する。

譯 跟上司確認。

14 | すます【済ます】

(他五·接尾) 弄完，辦完；償還，還清；對付，將就，湊合；(接在其他動詞連用形下面)表示完全成為…

例 用事を済ました。

譯 辦完事情。

15 | すませる【済ませる】

(他五·接尾) 弄完，辦完；償還，還清；將就，湊合

例 手続きを済ませた。

譯 辦完手續。

16 | せいこう【成功】

(名·自サ) 成功，成就，勝利；功成名就，成功立業

例 仕事(しごと)が成功(せいこう)した。

譯 工作大告成功。

17 | せきにん【責任】

(名) 責任，職責

例 責任(せきにん)を持(も)つ。

譯 負責任。

18 | たいしょく【退職】

(名·自サ) 退職

例 退職(たいしょく)してゆっくり生活(せいかつ)したい。

譯 退休後想休閒地過生活。

19 | だいひょう【代表】

(名·他サ) 代表

例 代表(だいひょう)となる。

譯 作為代表。

20 | つうきん【通勤】

(名·自サ) 通勤，上下班

例 マイカーで通勤(つうきん)する。

譯 開自己的車上班。

21 | はたらき【働き】

(名) 勞動，工作；作用，功效；功勞，功績；功能，機能

例 妻(つま)が働(はたら)きに出(で)る。

譯 妻子外出工作。

22 | ふく【副】

(名·漢造) 副本，抄件；副；附帶

例 副社長(ふくしゃちょう)が挨拶(あいさつ)する。

譯 副社長致詞。

23 | へんこう【変更】

(名·他サ) 變更，更改，改變

例 計画(けいかく)を変更(へんこう)する。

譯 變更計畫。

24 | **めいし**
【名刺】

(名) 名片

例 名刺を交換する。

譯 交換名片。

25 | **めいれい**
【命令】

(名·他サ) 命令，規定；(電腦)指令

例 命令を受ける。

譯 接受命令。

26 | **めんせつ**
【面接】

(名·自サ) (為考察人品、能力而舉行的)面試，接見，會面

例 面接を受ける。

譯 接受面試。

27 | **もどり**
【戻り】

(名) 恢復原狀；回家；歸途

例 部長、お戻りは何時ですか。

譯 部長，幾點回來呢？

28 | **やくだつ**
【役立つ】

(自五) 有用，有益

例 実際に会社で役立つ。

譯 實際上對公司有益。

29 | **やくだてる**
【役立てる】

(他下一) (供)使用，使…有用

例 何とか役立てたい。

譯 我很想幫上忙。

30 | **やくにたてる**
【役に立てる】

(慣) (供)使用，使…有用

例 社会の役に立てる。

譯 對社會有貢獻。

31 | **やめる**
【辞める】

(他下一) 辭職；休學

例 仕事を辞める。

譯 辭掉工作。

32 | **ゆうり**
【有利】

(形動) 有利

例 免許(めんきょ)があると仕事(しごと)に有利(ゆうり)です。

譯 持有證照對工作較有益處。

---

33 | **れい**
【例】

(名·漢造) 慣例；先例；例子

例 前例(ぜんれい)がないなら、作(つく)ればいい。

譯 如果從來沒有人做過，就由我們來當開路先鋒。

---

34 | **れいがい**
【例外】

(名) 例外

例 例外(れいがい)として扱(あつか)う。

譯 特別待遇。

---

35 | **レベル**
【level】

(名) 水平，水準；水平線；水平儀

例 社員(しゃいん)のレベルが向上(こうじょう)する。

譯 員工的水準提高。

---

36 | **わりあて**
【割り当て】

(名) 分配，分擔

例 仕事(しごと)の割(わ)り当(あ)てをする。

譯 分派工作。

24-2 職業、事業 (1) ／職業、事業 (1)

N3 24-2(1)

01 | **アナウンサー**
【announcer】

(名) 廣播員，播報員

例 アナウンサーになる。

譯 成為播報員。

---

02 | **いし**
【医師】

(名) 醫師，大夫

例 心(こころ)の温(あたた)かい医師(いし)になりたい。

譯 我想成為一個有人情味的醫生。

03 | ウェーター・ウェイター【waiter】

㊔（餐廳等的）侍者，男服務員

例 ウェーターを呼(よ)ぶ。

譯 叫服務生。

04 | ウェートレス・ウェイトレス【waitress】

㊔（餐廳等的）女侍者，女服務生

例 ウェートレスを募集(ぼしゅう)する。

譯 招募女服務生。

05 | うんてんし【運転士】

㊔ 司機；駕駛員，船員

例 運転士(うんてんし)をしている。

譯 當司機。

06 | うんてんしゅ【運転手】

㊔ 司機

例 タクシーの運転手(うんてんしゅ)が道(みち)に詳(くわ)しい。

譯 計程車司機對道路很熟悉。

07 | えきいん【駅員】

㊔ 車站工作人員，站務員

例 駅員(えきいん)に聞(き)く。

譯 詢問站務員。

08 | エンジニア【engineer】

㊔ 工程師，技師

例 エンジニアとして働(はたら)きたい。

譯 想以工程師的身分工作。

09 | おんがくか【音楽家】

㊔ 音樂家

例 音楽家(おんがくか)になる。

譯 成為音樂家。

10 | かいごし【介護士】

㊔ 專門照顧身心障礙者日常生活的專門技術人員

例 介護士(かいごし)の資格(しかく)を取(と)る。

譯 取得看護的資格。

11 | かいしゃいん【会社員】

㊔ 公司職員

例 会社員（かいしゃいん）になる。

譯 當公司職員。

12 | がか【画家】

㊔ 畫家

例 画家（がか）になる。

譯 成為畫家。

13 | かしゅ【歌手】

㊔ 歌手，歌唱家

例 歌手（かしゅ）になりたい。

譯 我想當歌手。

14 | カメラマン【cameraman】

㊔ 攝影師；(報社、雜誌等)攝影記者

例 アマチュアカメラマンが増（ふ）える。

譯 增加許多業餘攝影師。

15 | かんごし【看護師】

㊔ 護士，看護

例 看護師（かんごし）さんが優（やさ）しい。

譯 護士人很和善貼心。

16 | きしゃ【記者】

㊔ 執筆者，筆者；(新聞)記者，編輯

例 記者（きしゃ）が質問（しつもん）する。

譯 記者發問。

17 | きゃくしつじょうむいん【客室乗務員】

㊔ (車、飛機、輪船上)服務員

例 客室乗務員（きゃくしつじょうむいん）になる。

譯 成為空服人員。

18 | ぎょう【業】

名·漢造 業，職業；事業；學業

例 金融業（きんゆうぎょう）で働（はたら）く。

譯 在金融業工作。

19 | **きょういん**
【教員】

㊔ 教師，教員

きょういん
例 教員になる。

譯 當上教職員。

---

20 | **きょうし**
【教師】

㊔ 教師，老師

りょうしん　こうこう　きょうし
例 両親とも高校の教師だ。

譯 我父母都是高中老師。

---

21 | **ぎんこういん**
【銀行員】

㊔ 銀行行員

ぎんこういん
例 銀行員になる。

譯 成為銀行行員。

---

22 | **けいえい**
【経営】

（名・他サ）經營，管理

かいしゃ　けいえい
例 会社を経営する。

譯 經營公司。

---

23 | **けいさつかん**
【警察官】

㊔ 警察官，警官

けいさつかん　だま
例 警察官を騙す。

譯 欺騙警官。

---

24 | **けんちくか**
【建築家】

㊔ 建築師

ゆうめい　けんちくか　た
例 有名な建築家が建てた。

譯 由名建築師建造。

---

25 | **こういん**
【行員】

㊔ 銀行職員

じゅう　ぎんこう　こういん　む
例 銃を銀行の行員に向けた。

譯 拿槍對準了銀行職員。

---

26 | **さっか**
【作家】

㊔ 作家，作者，文藝工作者；藝術家，藝術工作者

さっか　しょうせつ　か
例 作家が小説を書いた。

譯 作家寫了小說。

27 | さっきょくか【作曲家】

㊔ 作曲家

例 作曲家（さっきょくか）になる。

譯 成為作曲家。

28 | サラリーマン【salaried man】

㊔ 薪水階級，職員

例 サラリーマンにはなりたくない。

譯 不想從事領薪工作。

29 | じえいぎょう【自営業】

㊔ 獨立經營，獨資

例 自営業（じえいぎょう）で商売（しょうばい）する。

譯 獨資經商。

30 | しゃしょう【車掌】

㊔ 車掌，列車員

例 車掌（しゃしょう）が特急券（とっきゅうけん）の確認（かくにん）をする。

譯 乘務員來查特快票。

24-2 職業、事業 (2) ／職業、事業 (2)

N3 ◎24-2(2)

01 | じゅんさ【巡査】

㊔ 巡警

例 巡査（じゅんさ）に捕（つか）まえられた。

譯 被警察逮捕。

02 | じょゆう【女優】

㊔ 女演員

例 将来（しょうらい）は女優（じょゆう）になる。

譯 將來成為女演員。

03 | スポーツせんしゅ【sports 選手】

㊔ 運動選手

例 スポーツ選手（せんしゅ）になりたい。

譯 想成為了運動選手。

04 せいじか【政治家】

㊔ 政治家（多半指議員）

例 どの政治家(せいじか)を応援(おうえん)しますか。

譯 你聲援哪位政治家呢？

05 だいく【大工】

㊔ 木匠，木工

例 大工(だいく)を頼(たの)む。

譯 雇用木匠。

06 ダンサー【dancer】

㊔ 舞者；舞女；舞蹈家

例 夢(ゆめ)はダンサーになることだ。

譯 夢想是成為一位舞者。

07 ちょうりし【調理師】

㊔ 烹調師，廚師

例 調理師(ちょうりし)の免許(めんきょ)を持(も)つ。

譯 具有廚師執照。

08 つうやく【通訳】

名·他サ 口頭翻譯，口譯；翻譯者，譯員

例 彼(かれ)は通訳(つうやく)をしている。

譯 他在擔任口譯。

09 デザイナー【designer】

㊔（服裝、建築等）設計師，圖案家

例 デザイナーになる。

譯 成為設計師。

10 のうか【農家】

㊔ 農民，農戶；農民的家

例 農家(のうか)で育(そだ)つ。

譯 生長在農家。

11 パート【part time之略】

㊔（按時計酬）打零工

例 パートに出(で)る。

譯 出外打零工。

12｜はいゆう【俳優】

㊔（男）演員

例 夢(ゆめ)は映画(えいが)俳優(はいゆう)になることだ。

譯 我的夢想是當一位電影演員。

13｜パイロット【pilot】

㊔ 領航員；飛行駕駛員；實驗性的

例 パイロットから説明(せつめい)を受(う)ける。

譯 接受飛行員的說明。

14｜ピアニスト【pianist】

㊔ 鋼琴師，鋼琴家

例 ピアニストの方(かた)が演奏(えんそう)している。

譯 鋼琴家正在演奏。

15｜ひきうける【引き受ける】

（他下一）承擔，負責；照應，照料；應付，對付；繼承

例 事業(じぎょう)を引(ひ)き受(う)ける。

譯 繼承事業。

16｜びようし【美容師】

㊔ 美容師

例 人気(にんき)の美容師(びようし)を紹介(しょうかい)する。

譯 介紹極受歡迎的美髮設計師。

17｜フライトアテンダント【flight attendant】

㊔ 空服員

例 フライトアテンダントになりたい。

譯 我想當空服員。

18｜プロ【professional之略】

㊔ 職業選手，專家

例 プロになる。

譯 成為專家。

19｜べんごし【弁護士】

㊔ 律師

例 将来(しょうらい)は弁護士(べんごし)になりたい。

譯 將來想成為律師。

20 | **ほいくし【保育士】**

㊔ 保育士

例 保育士(ほいくし)の資格(しかく)を取(と)る。

譯 取得幼教老師資格。

21 | **ミュージシャン【musician】**

㊔ 音樂家

例 ミュージシャンになった。

譯 成為音樂家了。

22 | **ゆうびんきょくいん【郵便局員】**

㊔ 郵局局員

例 郵便局員(ゆうびんきょくいん)として働(はたら)く。

譯 從事郵差先生的工作。

23 | **りょうし【漁師】**

㊔ 漁夫，漁民

例 漁師(りょうし)の仕事(しごと)はきつい。

譯 漁夫的工作很累人。

24-3 家事／家務

N3 24-3

01 | **かたづけ【片付け】**

㊔ 整理，整頓，收拾

例 部屋(へや)の片付(かたづ)けをする。

譯 整理房間。

02 | **かたづける【片付ける】**

(他下一) 收拾，打掃；解決

例 母(はは)が台所(だいどころ)を片付(かたづ)ける。

譯 母親在打掃廚房。

03 | **かわかす【乾かす】**

(他五) 曬乾；晾乾；烤乾

例 洗濯物(せんたくもの)を乾(かわ)かす。

譯 曬衣服。

04 | さいほう【裁縫】

(名·自サ) 裁縫，縫紉

例 裁縫を習う。

譯 學習縫紉。

05 | せいり【整理】

(名·他サ) 整理，收拾，整頓；清理，處理；捨棄，淘汰，裁減

例 部屋を整理する。

譯 整理房間。

06 | たたむ【畳む】

(他五) 疊，折；闔，闔上；關閉，結束；藏在心裡

例 布団を畳む。

譯 折棉被。

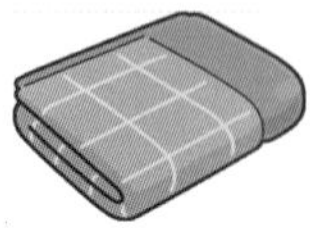

07 | つめる【詰める】

(他下一·自下一) 守候，值勤；不停的工作，緊張；塞進，裝入；緊挨著，緊靠著

例 ごみを袋に詰める。

譯 將垃圾裝進袋中。

08 | ぬう【縫う】

(他五) 縫， 縫補；刺繡；穿過， 穿行；（醫）縫合（傷口）

例 服を縫った。

譯 縫衣服。

09 | ふく【拭く】

(他五) 擦，抹

例 雑巾で拭く。

譯 用抹布擦拭。

パート 25

生産、産業

- 生產、產業 -

01 | かんせい
【完成】

(名·自他サ) 完成

しょうがつ　かんせい　よてい
例 正月に完成の予定だ。

譯 預定正月完成。

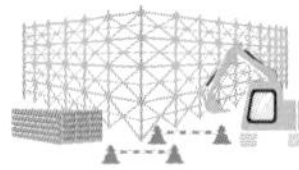

02 | こうじ
【工事】

(名·自サ) 工程，工事

ないそうこうじ
例 内装工事がうるさい。

譯 室內裝修工程很吵。

03 | さん
【産】

(名·漢造) 生產，分娩；(某地方)出生；財產

にほんさん　くるま　しつ
例 日本産の車は質がいい。

譯 日產汽車品質良好。

04 | サンプル
【sample】

(名·他サ) 樣品，樣本

み　つく
例 サンプルを見て作る。

譯 依照樣品來製作。

05 | しょう
【商】

(名·漢造) 商，商業；商人；(數)商；商量

みせ　しょうひん　む
例 この店の商品はプロ向けだ。

譯 這家店的商品適合專業人士使用。

06 | しんぽ
【進步】

(名·自サ) 進步

ぎじゅつ　しんぽ
例 技術が進歩する。

譯 技術進步。

07 | せいさん
【生產】

(名·他サ) 生產，製造；創作(藝術品等)；生業，生計

こめ　せいさん
例 米を生産する。

譯 生產米。

08 | たつ
【建つ】

(自五) 蓋，建

あたら　いえ　た
例 新しい家が建つ。

譯 蓋新房。

09 | たてる【建てる】

他下一 建造，蓋

例 家(いえ)を建(た)てる。

譯 蓋房子。

10 | のうぎょう【農業】

名 農耕；農業

例 日本(にほん)の農業(のうぎょう)は進(すす)んでいる。

譯 日本的農業有長足的進步。

11 | まざる【交ざる】

自五 混雜，交雜，夾雜

例 不良品(ふりょうひん)が交(ま)ざっている。

譯 摻進了不良品。

12 | まざる【混ざる】

自五 混雜，夾雜

例 米(こめ)に砂(すな)が混(ま)ざっている。

譯 米裡面夾帶著沙。

活用句庫

例 国民の食を支える農業には、もっと若い人の力が必要です。
提供國民食物來源的農業需要更多年輕人的力量。

例 日本の眼鏡の9割は、この町で生産されています。
日本的眼鏡有9成產自這座城鎮。

例 うちの隣に15階建てのマンションが建つそうです。
據說我們隔壁即將蓋一棟15層樓的大廈。

練習

I [a～e]の中から適当な言葉を選んで、(　　)に入れなさい。(必要なら形を変えなさい)

a. 建てる	b. 詰める	c. 交ざる	d. 工事する	e. 生産する

❶ この建物は、有名な設計士が自分のために(　　　　　)家だそうです。

❷ 我が社は、パソコンを(　　　　　)メーカーと協力関係にあります。

❸ あの子の話すフランス語は、ときどき英語が(　　　　　)います。

❹ (　　　　　)いる場所に入る時は、周囲に気をつけなければなりません。

II [a～e]の中から適当な言葉を選んで、(　　)に入れなさい。

a. 産	b. 商	c. サンプル	d. 農業	e. 業

❶ デパートの化粧品売り場で口紅の無料(　　　　　)をもらいました。

❷ アジアの雑貨を輸入するために、貿易(　　　　　)の登録をしました。

❸ この地域は農村地帯で、ほとんどの家が(　　　　　)をしています。

❹ 彼は世界中に多くの不動(　　　　　)を所有する資(　　　　　)家です。

ANS:
I ① a- 建てた ② e- 生産する ③ c- 交ざって ④ d- 工事して
II ① c ② b ③ d ④ a

パート
26

経済

- 經濟 -

26-1 取り引き／交易

01 | かいすうけん【回数券】

(名)（車票等的）回數票

例 回数券を買う。

譯 買回數票。

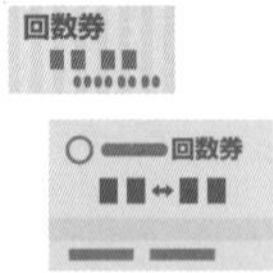

02 | かえる【代える・換える・替える】

(他下一) 代替，代理；改變，變更，變換

例 円をドルに替える。

譯 日圓換美金。

03 | けいやく【契約】

(名・自他サ) 契約，合同

例 契約を結ぶ。

譯 立合同。

04 | じどう【自動】

(名) 自動（不單獨使用）

例 自動販売機で野菜を買う。

譯 在自動販賣機購買蔬菜。

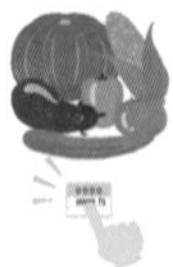

05 | しょうひん【商品】

(名) 商品，貨品

例 商品が揃う。

譯 商品齊備。

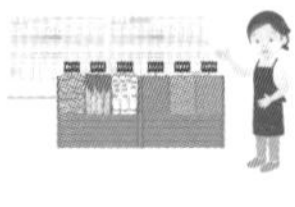

06 | セット【set】

(名・他サ) 一組，一套；舞台裝置，布景；（網球等）盤，局；組裝，裝配；梳整頭髮

例 ワンセットで売る。

譯 整組來賣。

07 | ヒット【hit】

(名・自サ) 大受歡迎，最暢銷；（棒球）安打

例 今度の商品はヒットした。

譯 這回的產品取得了大成功。

08 **ブランド【brand】**

㊔（商品的）牌子；商標

例 ブランドのバックが揃（そろ）う。

譯 名牌包包應有盡有。

09 **プリペイドカード【prepaid card】**

㊔ 預先付款的卡片（電話卡、影印卡等）

例 使（つか）い捨（す）てのプリペイドカードを買（か）った。

譯 購買用完就丟的預付卡。

10 **むすぶ【結ぶ】**

（他五・自五） 連結，繫結；締結關係，結合，結盟；（嘴）閉緊，（手）握緊

例 契約（けいやく）を結（むす）ぶ。

譯 簽合約。

11 **りょうがえ【両替】**

（名・他サ） 兌換，換錢，兌幣

例 円（えん）とドルの両替（りょうがえ）をする。

譯 以日圓兌換美金。

12 **レシート【receipt】**

㊔ 收據；發票

例 レシートをもらう。

譯 拿收據。

13 **わりこむ【割り込む】**

（自五） 擠進，插隊；闖進；插嘴

例 横（よこ）から急（きゅう）に列（れつ）に割（わ）り込（こ）んできた。

譯 突然從旁邊擠進隊伍來。

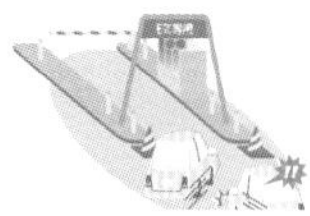

26-2 価格、収支、貸借／價格、收支、借貸

N3 26-2

01 **かえる【返る】**

（自五） 復原；返回；回應

例 貸（か）したお金（かね）が返（かえ）る。

譯 收回借出去的錢。

02 | かし
【貸し】

- ㊔ 借出，貸款；貸方；給別人的恩惠
- 例 貸(か)しがある。
- 譯 有借出的錢。

03 | かしちん
【貸し賃】

- ㊔ 租金，賃費
- 例 貸(か)し賃(ちん)が高(たか)い。
- 譯 租金昂貴。

04 | かり
【借り】

- ㊔ 借，借入；借的東西；欠人情；怨恨，仇恨
- 例 借(か)りを返(かえ)す。
- 譯 還人情。

05 | きゅうりょう
【給料】

- ㊔ 工資，薪水
- 例 給料(きゅうりょう)が上(あ)がる。
- 譯 提高工資。

06 | さがる
【下がる】

- 自五 後退；下降
- 例 給料(きゅうりょう)が下(さ)がる。
- 譯 降低薪水。

07 | ししゅつ
【支出】

- 名·他サ 開支，支出
- 例 支出(ししゅつ)を抑(おさ)える。
- 譯 減少支出。

08 | じょ
【助】

- 漢造 幫助；協助
- 例 お金(かね)を援助(えんじょ)する。
- 譯 出錢幫助。

09 | せいさん
【清算】

- 名·他サ 結算，清算；清理財產；結束，了結
- 例 溜(た)まった家賃(やちん)を清算(せいさん)した。
- 譯 還清了積欠的房租。

10 | **ただ**

㊔名·副 免費，不要錢；普通，平凡；只有，只是(促音化為「たった」)

例 ただで参加(さんか)できる。

譯 能夠免費參加。

11 | **とく**
【得】

名·形動 利益；便宜

例 まとめて買(か)うと得(とく)だ。

譯 一次買更划算。

12 | **ねあがり**
【値上がり】

名·自サ 價格上漲，漲價

例 土地(とち)の値上(ねあ)がりが始(はじ)まっている。

譯 地價開始高漲了。

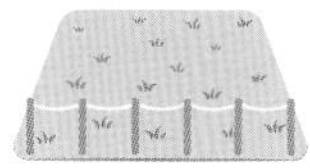

13 | **ねあげ**
【値上げ】

名·他サ 提高價格，漲價

例 来月(らいげつ)から入場料(にゅうじょうりょう)が値上(ねあ)げになる。

譯 下個月開始入場費將漲價。

14 | **ぶっか**
【物価】

名 物價

例 物価(ぶっか)が上(あ)がった。

譯 物價上漲。

15 | **ボーナス**
【bonus】

名 特別紅利，花紅；獎金，額外津貼，紅利

例 ボーナスが出(で)る。

譯 發獎金。

26-3 消費、費用(1)／消費、費用(1)

N3 26-3(1)

01 | **いりょうひ**
【衣料費】

名 服裝費

例 子(こ)どもの衣料費(いりょうひ)は私(わたし)が出(だ)す。

譯 我支付小孩的服裝費。

02 | いりょうひ【医療費】

㊔ 治療費，醫療費

例 医療費(いりょうひ)を払(はら)う。

譯 支付醫療費。

03 | うんちん【運賃】

㊔ 票價；運費

例 運賃(うんちん)を払(はら)う。

譯 付運費。

04 | おごる【奢る】

(自五·他五) 奢侈，過於講究；請客，作東

例 友人(ゆうじん)に昼飯(ひるめし)を奢(おご)る。

譯 請朋友吃中飯。

05 | おさめる【納める】

(他下一) 交，繳納

例 授業料(じゅぎょうりょう)を納(おさ)める。

譯 繳納學費。

06 | がくひ【学費】

㊔ 學費

例 アルバイトで学費(がくひ)をためる。

譯 打工存學費。

07 | がすりょうきん【ガス料金】

㊔ 瓦斯費

例 ガス料金(りょうきん)を払(はら)う。

譯 付瓦斯費。

08 | くすりだい【薬代】

㊔ 藥費

例 薬代(くすりだい)が高(たか)い。

譯 醫療費昂貴。

09 | こうさいひ【交際費】

㊔ 應酬費用

例 交際費(こうさいひ)を増(ふ)やす。

譯 增加應酬費用。

10 | こうつうひ【交通費】

名 交通費，車馬費

例 交通費（こうつうひ）を計算（けいさん）する。

譯 計算交通費。

11 | こうねつひ【光熱費】

名 電費和瓦斯費等

例 光熱費（こうねつひ）を払（はら）う。

譯 繳水電費。

12 | じゅうきょひ【住居費】

名 住宅費，居住費

例 住居費（じゅうきょひ）が高（たか）い。

譯 住宿費用很高。

13 | しゅうりだい【修理代】

名 修理費

例 修理代（しゅうりだい）を支払（しはら）う。

譯 支付修理費。

14 | じゅぎょうりょう【授業料】

名 學費

例 授業料（じゅぎょうりょう）が高（たか）い。

譯 授課費用很高。

15 | しようりょう【使用料】

名 使用費

例 会場（かいじょう）の使用料（しようりょう）を支払（しはら）う。

譯 支付場地租用費。

16 | しょくじだい【食事代】

名 餐費，飯錢

例 母（はは）が食事代（しょくじだい）をくれた。

譯 媽媽給了我飯錢。

17 | しょくひ【食費】

名 伙食費，飯錢

例 食費（しょくひ）を節約（せつやく）する。

譯 節省伙食費。

18 | すいどうだい【水道代】

㊔ 自來水費

例 水道代（すいどうだい）をカードで払（はら）う。

譯 用信用卡支付水費。

19 | すいどうりょうきん【水道料金】

㊔ 自來水費

例 コンビニで水道料金（すいどうりょうきん）を払（はら）う。

譯 在超商支付自來水費。

20 | せいかつひ【生活費】

㊔ 生活費

例 息子（むすこ）に生活費（せいかつひ）を送（おく）る。

譯 寄生活費給兒子。

26-3 消費、費用 (2) ／ 消費、費用 (2)

N3 ◎26-3(2)

01 | ぜいきん【税金】

㊔ 稅金，稅款

例 税金（ぜいきん）を納（おさ）める。

譯 繳納稅金。

02 | そうりょう【送料】

㊔ 郵費，運費

例 送料（そうりょう）を払（はら）う。

譯 付郵資。

03 | タクシーだい【taxi 代】

㊔ 計程車費

例 タクシー代（だい）が上（あ）がる。

譯 計程車的車資張價。

04 | タクシーりょうきん【taxi 料金】

㊔ 計程車費

例 タクシー料金（りょうきん）が値上（ねあ）げになる。

譯 計程車的費用要漲價。

05 | **チケットだい【ticket 代】**

㊔ 票錢

　　　　だい　はら
例 チケット代を払う。

譯 付買票的費用。

06 | **ちりょうだい【治療代】**

㊔ 治療費，診察費

は　ちりょうだい　たか
例 歯の治療代が高い。

譯 治療牙齒的費用很昂貴。

07 | **てすうりょう【手数料】**

㊔ 手續費；回扣

てすうりょう
例 手数料がかかる。

譯 要付手續費。

08 | **でんきだい【電気代】**

㊔ 電費

でんきだい　たか
例 電気代が高い。

譯 電費很貴。

09 | **でんきりょうきん【電気料金】**

㊔ 電費

でんきりょうきん　ねあ
例 電気料金が値上がりする。

譯 電費上漲。

10 | **でんしゃだい【電車代】**

㊔（坐）電車費用

でんしゃだい　やす
例 電車代が安くなる。

譯 電車費更加便宜。

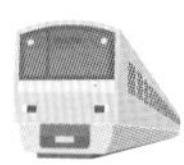

11 | **でんしゃちん【電車賃】**

㊔（坐）電車費用

でんしゃちん　えん
例 電車賃は 250 円だ。

譯 電車費是250圓。

12 | **でんわだい【電話代】**

㊔ 電話費

よる　じいこう　でんわだい　やす
例 夜 11 時以後は電話代が安くなる。

譯 夜間11點以後的電話費率比較便宜。

13 | にゅうじょうりょう【入場料】

㊔ 入場費，進場費

例 入場料（にゅうじょうりょう）が高（たか）い。

譯 門票很貴呀。

14 | バスだい【bus 代】

㊔ 公車(乘坐)費

例 バス代（だい）を払（はら）う。

譯 付公車費。

15 | バスりょうきん【bus 料金】

㊔ 公車(乘坐)費

例 大阪（おおさか）までのバス料金（りょうきん）は安（やす）い。

譯 搭到大阪的公車費用很便宜。

16 | ひ【費】

(漢造) 消費，花費；費用

例 大学（だいがく）の学費（がくひ）は親（おや）が出（だ）してくれる。

譯 大學的學費是父母幫我支付的。

17 | へやだい【部屋代】

㊔ 房租；旅館住宿費

例 部屋代（へやだい）を払（はら）う。

譯 支付房租。

18 | ほんだい【本代】

㊔ 買書錢

例 本代（ほんだい）がかなりかかる。

譯 買書的花費不少。

19 | やちん【家賃】

㊔ 房租

例 家賃（やちん）が高（たか）い。

譯 房租貴。

20 | ゆうそうりょう【郵送料】

㊔ 郵費

例 郵送料（ゆうそうりょう）が高（たか）い。

譯 郵資貴。

21 | ようふくだい【洋服代】

㊔ 服裝費

例 子（こ）どもたちの洋服代（ようふくだい）がかからない。

譯 小孩們的衣物費用所費不多。

22 | りょう【料】

接尾 費用，代價

例 入場料（にゅうじょうりょう）は2倍（ばい）に値上（ねあ）がる。

譯 入場費漲了兩倍。

23 | レンタルりょう【rental 料】

㊔ 租金

例 ウエディングドレスのレンタル料（りょう）は10万（まん）だ。

譯 結婚禮服的租借費是10萬。

26-4 財産、金銭／財產、金錢

N3 ◎26-4

01 | あずかる【預かる】

他五 收存，（代人）保管；擔任，管理，負責處理；保留，暫不公開

例 お金（かね）を預（あず）かる。

譯 保管錢。

02 | あずける【預ける】

他下一 寄放，存放；委託，託付

例 銀行（ぎんこう）にお金（かね）を預（あず）ける。

譯 把錢存放進銀行裡。

03 | かね【金】

㊔ 金屬；錢，金錢

例 金（かね）がかかる。

譯 花錢。

04 | こぜに【小銭】

㊔ 零錢；零用錢；少量資金

例 1000円札（えんさつ）を小銭（こぜに）に替（か）える。

譯 將1000元鈔兌換成硬幣。

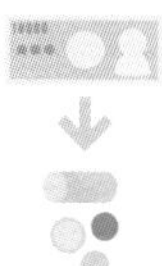

05 | しょうきん【賞金】

㊔ 賞金；獎金

例 賞金を手に入れた。

譯 獲得賞金。

06 | せつやく【節約】

(名·他サ) 節約，節省

例 交際費を節約する。

譯 節省應酬費用。

07 | ためる【溜める】

(他下一) 積，存，蓄；積壓，停滯

例 お金を溜める。

譯 存錢。

08 | ちょきん【貯金】

(名·自他サ) 存款，儲蓄

例 毎月決まった額を貯金する。

譯 每個月定額存錢。

パート

27

政治

- 政治 -

27-1 政治、行政、国際／政治、行政、國際

N3 ◎27-1

01 けんちょう【県庁】

㊔ 縣政府

例 県庁（けんちょう）を訪問（ほうもん）する。

譯 訪問縣政府。

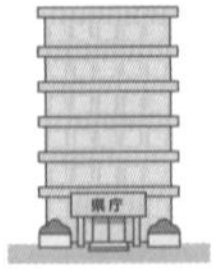

02 こく【国】

(漢造) 國；政府；國際，國有

例 国民（こくみん）の怒（いか）りが高（たか）まる。

譯 人們的怒氣日益高漲。

03 こくさいてき【国際的】

(形動) 國際的

例 国際的（こくさいてき）な会議（かいぎ）に参加（さんか）する。

譯 參加國際會議。

04 こくせき【国籍】

㊔ 國籍

例 国籍（こくせき）を変更（へんこう）する。

譯 變更國籍。

05 しょう【省】

(名‧漢造) 省掉；（日本內閣的）省，部

例 新（あたら）しい省（しょう）をつくる。

譯 建立新省。

06 せんきょ【選挙】

(名‧他サ) 選舉，推選

例 議長（ぎちょう）を選挙（せんきょ）する。

譯 選出議長。

07 ちょう【町】

(名‧漢造) （市街區劃單位）街，巷；鎮，街

例 町長（ちょうちょう）に選出（せんしゅつ）された。

譯 當上了鎮長。

08 | ちょう
【庁】

漢造 官署；行政機關的外局

例 官庁に勤める。

譯 在政府機關工作。

09 | どうちょう
【道庁】

名 北海道的地方政府（「北海道庁」之略稱）

例 道庁は札幌市にある。

譯 北海道道廳（地方政府）位於札幌市。

10 | とちょう
【都庁】

名 東京都政府（「東京都庁」之略稱）

例 新宿都庁が目の前だ。

譯 新宿都政府就在眼前。

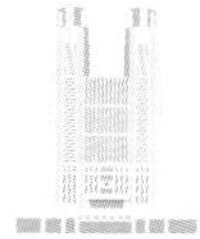

11 | パスポート
【passport】

名 護照；身分證

例 パスポートを出す。

譯 取出護照。

12 | ふちょう
【府庁】

名 府辦公室

例 府庁に招かれる。

譯 受府辦公室的招待。

13 | みんかん
【民間】

名 民間；民營，私營

例 皇室から民間人になる。

譯 從皇室成為民間老百姓。

14 | みんしゅ
【民主】

名 民主，民主主義

例 民主主義を壊す。

譯 破壞民主主義。

27-2 軍事／軍事

N3 ● 27-2

01 せん【戦】

(漢造) 戰爭；決勝負，體育比賽；發抖

例 博物館(はくぶつかん)で昔(むかし)の戦車(せんしゃ)を見(み)る。

譯 在博物館參觀以前的戰車。

02 たおす【倒す】

(他五) 倒，放倒，推倒，翻倒；推翻，打倒；毀壞，拆毀；打敗，擊敗；殺死，擊斃；賴帳，不還債

例 敵(てき)を倒(たお)す。

譯 打倒敵人。

03 だん【弾】

(漢造) 砲彈

例 弾丸(だんがん)のように速(はや)い。

譯 如彈丸一般地快。

04 へいたい【兵隊】

(名) 士兵，軍人；軍隊

例 兵隊(へいたい)に行(い)く。

譯 去當兵。

05 へいわ【平和】

(名·形動) 和平，和睦

例 平和(へいわ)に暮(く)らす。

譯 過和平的生活。

パート 28

法律、規則、犯罪

- 法律、規則、犯罪 -

01 | おこる【起こる】

(自五) 發生，鬧；興起，興盛；(火)著旺

例 事件(じけん)が起(お)こる。

譯 發生事件。

02 | きまり【決まり】

(名) 規定，規則；習慣，常規，慣例；終結；收拾整頓

例 決(き)まりを守(まも)る。

譯 遵守規則。

03 | きんえん【禁煙】

(名・自サ) 禁止吸菸；禁菸，戒菸

例 車内(しゃない)は禁煙(きんえん)だ。

譯 車內禁止抽煙。

04 | きんし【禁止】

(名・他サ) 禁止

例 「ながらスマホ」は禁止(きんし)だ。

譯 「走路時玩手機」是禁止的。

05 | ころす【殺す】

(他五) 殺死，致死；抑制，忍住，消除；埋沒；浪費，犧牲，典當；殺，(棒球)使出局

例 人(ひと)を殺(ころ)す。

譯 殺人。

06 | じけん【事件】

(名) 事件，案件

例 事件(じけん)が起(お)きる。

譯 發生案件。

07 | じょうけん【条件】

(名) 條件；條文，條款

例 条件(じょうけん)を決(き)める。

譯 決定條件。

08 | しょうめい【証明】

(名・他サ) 證明

例 資格(しかく)を証明(しょうめい)する。

譯 證明資格。

09 | つかまる
【捕まる】

㊀㊄ 抓住，被捉住，逮捕；抓緊，揪住

例 警察(けいさつ)に捕(つか)まった。

譯 被警察抓到了。

---

10 | にせ
【偽】

㊔ 假，假冒；贗品

例 偽(にせ)の１万円札(まんえんさつ)が見(み)つかった。

譯 找到萬圓偽鈔。

---

11 | はんにん
【犯人】

㊔ 犯人

例 犯人(はんにん)を探(さが)す。

譯 尋找犯人。

---

12 | プライバシー
【privacy】

㊔ 私生活，個人私密

例 プライバシーを守(まも)る。

譯 保護隱私。

---

13 | ルール
【rule】

㊔ 規章，章程；尺，界尺

例 交通(こうつう)ルールを守(まも)る。

譯 遵守交通規則。

練習

I [a～e]の中から適当な言葉を選んで、(　　)に入れなさい。

a. 偽	b. 犯人	c. 決まり	d. 事件	e. プライバシー

❶ 私は探偵ですが、みんなの満足するように、大きな(　　　　　)を解決することは難しいです。

❷ 夜10時までに帰るという寮の(　　　　　)を破ってしまいました。

❸ (　　　　　)を守るために、学校は名簿や住所録を作らなくなりました。

❹ 知り合いから30万円で買った皿が、10年後に(　　　　　)物だとわかりました。

II [a～e]の中から適当な言葉を選んで、(　　)に入れなさい。

a. 禁煙	b. 禁止	c. 契約	d. 条件	e. ルール

❶「立ち入り(　　　　　)」は、ここに入ってはいけないという意味です。

❷ 3階から7階までは(　　　　　)ルーム、8階のみ喫煙ルームになっております。

❸ 子どもにスマホや部屋を与える時は、家庭での(　　　　　)を決めておきましょう。

❹ 1日だけという(　　　　　)でバイクを貸したのに、3日経ってもまだ返してくれません。

ANS:

I ①d ②c ③e ④a

II ①b ②a ③e ④d

パート 29

心理、感情

- 心理、感情 -

29-1 心(1)／心、內心(1)

N3 ◎29-1(1)

01 あきる【飽きる】

(自上一) 夠，滿足；厭煩，煩膩

例 飽(あ)きることを知(し)らない。

譯 貪得無厭。

02 いつのまにか【何時の間にか】

(副) 不知不覺地，不知什麼時候

例 いつの間(ま)にか春(はる)が来(き)た。

譯 不知不覺春天來了。

03 いんしょう【印象】

(名) 印象

例 印象(いんしょう)が薄(うす)い。

譯 印象不深。

04 うむ【生む】

(他五) 產生，產出

例 誤解(ごかい)を生(う)む。

譯 產生誤解。

05 うらやましい【羨ましい】

(形) 羨慕，令人嫉妒，眼紅

例 あなたがうらやましい。

譯 (我)羨慕你。

06 えいきょう【影響】

(名·自サ) 影響

例 影響(えいきょう)が大(おお)きい。

譯 影響很大。

07 おもい【思い】

(名) (文)思想，思考；感覺，情感；想念，思念；願望，心願

例 思(おも)いにふける。

譯 沈浸在思考中。

08 | おもいで【思い出】

㊔ 回憶，追憶，追懷；紀念

例 思(おも)い出(で)になる。

譯 成為回憶。

---

09 | おもいやる【思いやる】

(他五) 體諒，表同情；想像，推測

例 不幸(ふこう)な人(ひと)を思(おも)いやる。

譯 同情不幸的人。

---

10 | かまう【構う】

(自他五) 介意，顧忌，理睬；照顧，招待；調戲，逗弄；放逐

例 叩(たた)かれても構(かま)わない。

譯 被攻擊也無所謂。

---

11 | かん【感】

(名·漢造) 感覺，感動；感

例 責任感(せきにんかん)が強(つよ)い。

譯 有很強的責任感。

---

12 | かんじる·かんずる【感じる·感ずる】

(自他上一) 感覺，感到；感動，感觸，有所感

例 痛(いた)みを感(かん)じる。

譯 感到疼痛。

---

13 | かんしん【感心】

(名·形動·自サ) 欽佩；贊成；(貶)令人吃驚

例 皆(みな)さんの努力(どりょく)に感心(かんしん)した。

譯 大家的努力令人欽佩。

---

14 | かんどう【感動】

(名·自サ) 感動，感激

例 感動(かんどう)を受(う)ける。

譯 深受感動。

---

15 | きんちょう【緊張】

(名·自サ) 緊張

例 緊張(きんちょう)が解(と)けた。

譯 緊張舒緩了。

16 | **くやしい【悔しい】**

㊋ 令人懊悔的

例 悔(くや)しい思(おも)いをする。

譯 覺得遺憾不甘。

17 | **こうふく【幸福】**

(名·形動) 沒有憂慮，非常滿足的狀態

例 幸福(こうふく)な人生(じんせい)を送(おく)る。

譯 過著幸福的生活。

18 | **しあわせ【幸せ】**

(名·形動) 運氣，機運；幸福，幸運

例 幸(しあわ)せになる。

譯 變得幸福、走運。

19 | **しゅうきょう【宗教】**

㊔ 宗教

例 宗教(しゅうきょう)を信(しん)じる。

譯 信仰宗教。

20 | **すごい【凄い】**

㊋ 非常（好）；厲害；好的令人吃驚；可怕，嚇人

例 すごい嵐(あらし)になった。

譯 轉變成猛烈的暴風雨了。

29-1 心 (2) ／心、內心 (2)

N3 ◎29-1(2)

01 | **そぼく【素朴】**

(名·形動) 樸素，純樸，質樸；（思想）純樸

例 素朴(そぼく)な考(かんが)え方(かた)が生(う)まれる。

譯 單純的想法孕育而生。

02 | **そんけい【尊敬】**

(名·他サ) 尊敬

例 両親(りょうしん)を尊敬(そんけい)する。

譯 尊敬雙親。

03 | **たいくつ【退屈】**

(名·自サ·形動) 無聊，鬱悶，寂，厭倦

例 退屈(たいくつ)な日々(ひび)が続(つづ)く。

譯 無聊的生活不斷持續著。

04 | **のんびり**

(副·自サ) 舒適，逍遙，悠然自得

例 のんびり暮(く)らす。

譯 悠閒度日。

05 | **ひみつ【秘密】**

(名·形動) 秘密，機密

例 これは二人(ふたり)だけの秘密(ひみつ)だよ。

譯 這是屬於我們兩個人的秘密喔。

06 | **ふこう【不幸】**

(名) 不幸，倒楣；死亡，喪事

例 不幸(ふこう)を招(まね)く。

譯 招致不幸。

07 | **ふしぎ【不思議】**

(名·形動) 奇怪，難以想像，不可思議

例 不思議(ふしぎ)なことを起(お)こす。

譯 發生不可思議的事。

08 | **ふじゆう【不自由】**

(名·形動·自サ) 不自由，不如意，不充裕；(手腳)不聽使喚；不方便

例 金(かね)に不自由(ふじゆう)しない。

譯 不缺錢。

09 | **へいき【平気】**

(名·形動) 鎮定，冷靜；不在乎，不介意，無動於衷

例 平気(へいき)な顔(かお)をする。

譯 一副冷靜的表情。

10 | **ほっと**

(副·自サ) 嘆氣貌；放心貌

例 ほっと息(いき)をつく。

譯 鬆了一口氣。

11 | まさか

㊄(後接否定語氣)絕不…,總不會…,難道;萬一,一旦

例 まさかの時に備える。

譯 以備萬一。

12 | まんぞく【満足】

(名・自他サ・形動) 滿足,令人滿意的,心滿意足;滿足,符合要求;完全,圓滿

例 満足に暮らす。

譯 美滿地過日子。

13 | むだ【無駄】

(名・形動) 徒勞,無益;浪費,白費

例 無駄な努力はない。

譯 沒有白費力氣的。

14 | もったいない

(形) 可惜的,浪費的;過份的,惶恐的,不敢當

例 もったいないことをした。

譯 真是浪費。

15 | ゆたか【豊か】

(形動) 豐富,寬裕;豐盈;十足,足夠

例 豊かな生活を送る。

譯 過著富裕的生活。

16 | ゆめ【夢】

(名) 夢;夢想

例 甘い夢を見続けている。

譯 持續做著美夢。

17 | よい【良い】

(形) 好的,出色的;漂亮的;(同意)可以

例 良い友に恵まれる。

譯 遇到益友。

18 | らく【楽】

(名・形動・漢造) 快樂,安樂,快活;輕鬆,簡單;富足,充裕

例 楽に暮らす。

譯 輕鬆地過日子。

29-2 意志／意志

N3◎29-2

01 | あたえる【与える】

(他下一) 給與，供給；授與；使蒙受；分配

例 機会（きかい）を与（あた）える。

譯 給予機會。

02 | がまん【我慢】

(名・他サ) 忍耐，克制，將就，原諒；(佛)饒恕

例 我慢（がまん）ができない。

譯 不能忍受。

03 | がまんづよい【我慢強い】

(形) 忍耐性強，有忍耐力

例 本当（ほんとう）にがまん強（づよ）い。

譯 有耐性。

04 | きぼう【希望】

(名・他サ) 希望，期望，願望

例 どんな時（とき）も希望（きぼう）を持（も）つ。

譯 懷抱希望。

05 | きょうちょう【強調】

(名・他サ) 強調；權力主張；(行情)看漲

例 特（とく）に強調（きょうちょう）する。

譯 特別強調。

06 | くせ【癖】

(名) 癖好，脾氣，習慣；(衣服的)摺線；頭髮亂翹

例 癖（くせ）がつく。

譯 養成習慣。

07 | さける【避ける】

(他下一) 躲避，避開，逃避；避免，忌諱

例 問題（もんだい）を避（さ）ける。

譯 迴避問題。

08 | さす【刺す】

(他五) 刺，穿，扎；螫，咬，釘；縫綴，衲；捉住，黏捕

例 包丁(ほうちょう)で刺(さ)す。

譯 以菜刀刺入。

---

09 | さんか【参加】

(名·自サ) 参加，加入

例 参加(さんか)を申(もう)し込(こ)む。

譯 報名參加。

---

10 | じっこう【実行】

(名·他サ) 實行，落實，施行

例 実行(じっこう)に移(うつ)す。

譯 付諸實行。

---

11 | じっと

(副·自サ) 保持穩定，一動不動；凝神，聚精會神；一聲不響地忍住；無所做為，呆住

例 相手(あいて)の顔(かお)をじっと見(み)る。

譯 凝神注視對方的臉。

---

12 | じまん【自慢】

(名·他サ) 自滿，自誇，自大，驕傲

例 成績(せいせき)を自慢(じまん)する。

譯 以成績為傲。

---

13 | しんじる・しんずる【信じる・信ずる】

(他上一) 信，相信；確信，深信；信賴，可靠；信仰

例 あなたを信(しん)じる。

譯 信任你。

---

14 | しんせい【申請】

(名·他サ) 申請，聲請

例 facebook で友達申請(ともだちしんせい)が来(き)た。

譯 有人向我的臉書傳送了交友邀請。

---

15 | すすめる【薦める】

(他下一) 勸告，勸告，勸誘；勸，敬（煙、酒、茶、座等）

例 A大学(だいがく)を薦(すす)める。

譯 推薦A大學。

16 | **すすめる【勧める】**

(他下一) 勧告，勸誘；勸，進（煙茶酒等）

例 入会を勧める。

譯 勸說加入會員。

17 | **だます【騙す】**

(副) 騙，欺騙，誆騙，矇騙；哄

例 人を騙す。

譯 騙人。

18 | **ちょうせん【挑戦】**

(名·自サ) 挑戰

例 世界記録に挑戦する。

譯 挑戰世界紀錄。

19 | **つづける【続ける】**

(接尾)（接在動詞連用形後，複合語用法）繼續…，不斷地…

例 テニスを練習し続ける。

譯 不斷地練習打網球。

20 | **どうしても**

(副)（後接否定）怎麼也，無論怎樣也；務必，一定，無論如何也要

例 どうしても行きたい。

譯 無論如何我都要去。

21 | **なおす【直す】**

(接尾)（前接動詞連用形）重做…

例 もう一度人生をやり直す。

譯 人生再次從零出發。

22 | **ふちゅうい（な）【不注意（な）】**

(形動) 不注意，疏忽，大意

例 不注意な発言が多すぎる。

譯 失言之處過多。

23 | **まかせる【任せる】**

(他下一) 委託，託付；聽任，隨意；盡力，盡量

例 運を天に任せる。

譯 聽天由命。

24 まもる
【守る】

(他五) 保衛，守護；遵守，保守；保持(忠貞)；(文)凝視

例 秘密(ひみつ)を守(まも)る。

譯 保密。

25 もうしこむ
【申し込む】

(他五) 提議，提出；申請；報名；訂購；預約

例 結婚(けっこん)を申(もう)し込(こ)む。

譯 求婚。

26 もくてき
【目的】

(名) 目的，目標

例 目的(もくてき)を達成(たっせい)する。

譯 達到目的。

27 ゆうき
【勇気】

(形動) 勇敢

例 勇気(ゆうき)を出(だ)す。

譯 提起勇氣。

28 ゆずる
【譲る】

(他五) 讓給，轉讓；謙讓，讓步；出讓，賣給；改日，延期

例 道(みち)を譲(ゆず)る。

譯 讓路。

29-3 好き、嫌い／喜歡、討厭

N3 29-3

01 あい
【愛】

(名·漢造) 愛，愛情；友情，恩情；愛好，熱愛；喜愛；喜歡；愛惜

例 親(おや)の愛(あい)が伝(つた)わる。

譯 感受到父母的愛。

02 あら
【粗】

(名) 缺點，毛病

例 粗(あら)を探(さが)す。

譯 雞蛋裡挑骨頭。

03 | にんき【人気】

㊔ 人緣，人望

例 あのタレントは人気(にんき)がある。

譯 那位藝人很受歡迎。

04 | ねっちゅう【熱中】

名·自サ 熱中，專心；酷愛，著迷於

例 ゲームに熱中(ねっちゅう)する。

譯 沈迷於電玩。

05 | ふまん【不満】

名·形動 不滿足，不滿，不平

例 不満(ふまん)をいだく。

譯 心懷不滿。

06 | むちゅう【夢中】

名·形動 夢中，在睡夢裡；不顧一切，熱中，沉醉，著迷

例 夢中(むちゅう)になる。

譯 入迷。

07 | めいわく【迷惑】

名·自サ 麻煩，煩擾；為難，困窘；討厭，妨礙，打擾

例 迷惑(めいわく)をかける。

譯 添麻煩。

08 | めんどう【面倒】

名·形動 麻煩，費事；繁瑣，棘手；照顧，照料

例 面倒(めんどう)を見(み)る。

譯 照料。

09 | りゅうこう【流行】

名·自サ 流行，時髦，時興；蔓延

例 去年(きょねん)はグレーが流行(りゅうこう)した。

譯 去年是流行灰色。

10 | れんあい【恋愛】

名·自サ 戀愛

例 恋愛(れんあい)に陥(おち)った。

譯 墜入愛河。

29-4 喜び、笑い／高興、笑

N3 ◎29-4

01 | こうふん【興奮】

(名·自サ) 興奮，激昂；情緒不穩定

例 興奮(こうふん)して眠(ねむ)れなかった。

譯 激動得睡不著覺。

02 | さけぶ【叫ぶ】

(自五) 喊叫，呼叫，大聲叫；呼喊，呼籲

例 急(きゅう)に叫(さけ)ぶ。

譯 突然大叫。

03 | たかまる【高まる】

(自五) 高漲，提高，增長；興奮

例 気分(きぶん)が高(たか)まる。

譯 情緒高漲。

04 | たのしみ【楽しみ】

(名) 期待，快樂

例 楽(たの)しみにしている。

譯 很期待。

05 | ゆかい【愉快】

(名·形動) 愉快，暢快；令人愉快，討人喜歡；令人意想不到

例 愉快(ゆかい)に楽(たの)しめる。

譯 愉快的享受。

06 | よろこび【喜び・慶び】

(名) 高興，歡喜，喜悅；喜事，喜慶事；道喜，賀喜

例 慶(よろこ)びの言葉(ことば)を述(の)べる。

譯 致賀詞。

07 | わらい【笑い】

(名) 笑；笑聲；嘲笑，譏笑，冷笑

例 おかしくて、笑(わら)いが止(と)まらないほどだった。

譯 實在太好笑了，笑到停不下來。

29-5 悲しみ、苦しみ／悲傷、痛苦

N3 ◎29-5

01 | かなしみ【悲しみ】

名 悲哀，悲傷，憂愁，悲痛

例 悲(かな)しみを感(かん)じる。

譯 感到悲痛。

02 | くるしい【苦しい】

形 艱苦；困難；難過；勉強

例 生活(せいかつ)が苦(くる)しい。

譯 生活很艱苦。

03 | ストレス【stress】

名（語）重音；（理）壓力；（精神）緊張狀態

例 ストレスで胃(い)が痛(いた)い。

譯 由於壓力而引起胃痛。

04 | たまる【溜まる】

自五 事情積壓；積存，囤積，停滯

例 ストレスが溜(た)まっている。

譯 累積了不少壓力。

05 | まけ【負け】

名 輸，失敗；減價；（商店送給客戶的）贈品

例 私(わたし)の負(ま)けだ。

譯 我輸了。

06 | わかれ【別れ】

名 別，離別，分離；分支，旁系

例 別(わか)れが悲(かな)しい。

譯 傷感離別。

29-6 驚き、恐れ、怒り／驚懼、害怕、憤怒

N3 29-6

01 | いかり【怒り】

㊔ 憤怒，生氣

例 怒りが抑えられない。

譯 怒不可遏。

02 | さわぎ【騒ぎ】

㊔ 吵鬧，吵嚷；混亂，鬧事；轟動一時(的事件)，激動，振奮

例 騒ぎが起こった。

譯 引起騷動。

03 | ショック【shock】

㊔ 震動，刺激，打擊；(手術或注射後的)休克

例 ショックを受けた。

譯 受到打擊。

04 | ふあん【不安】

名·形動 不安，不放心，擔心；不穩定

例 不安をおぼえる。

譯 感到不安。

05 | ぼうりょく【暴力】

㊔ 暴力，武力

例 夫に暴力を振るわれる。

譯 受到丈夫家暴。

06 | もんく【文句】

㊔ 詞句，語句；不平或不滿的意見，異議

例 文句を言う。

譯 抱怨。

29-7 感謝、後悔／感謝、悔恨

01 | かんしゃ【感謝】

（名・自他サ）感謝

例 心から感謝する。

譯 衷心感謝。

02 | こうかい【後悔】

（名・他サ）後悔，懊悔

例 話を聞けばよかったと後悔している。

譯 後悔應該聽他說的才對。

03 | たすかる【助かる】

（自五）得救，脫險；有幫助，輕鬆；節省（時間、費用、麻煩等）

例 ご協力いただけると助かります。

譯 能得到您的鼎力相助那就太好了。

04 | にくらしい【憎らしい】

（形）可憎的，討厭的，令人憎恨的

例 あの男が憎らしい。

譯 那男人真是可恨啊。

05 | はんせい【反省】

（名・他サ）反省，自省（思想與行為）；重新考慮

例 深く反省している。

譯 深深地反省。

06 | ひ【非】

（名・接頭）非，不是

例 自分の非を詫びる。

譯 承認自己的錯誤。

07 | もうしわけない【申し訳ない】

（寒暄）實在抱歉，非常對不起，十分對不起

例 申し訳ない気持ちで一杯だ。

譯 心中充滿歉意。

08 | ゆるす【許す】

(他五) 允許，批准；寬恕；免除；容許；承認；委託；信賴；疏忽，放鬆；釋放

例 君(きみ)を許(ゆる)す。

譯 我原諒你。

---

09 | れい【礼】

(名·漢造) 禮儀，禮節，禮貌；鞠躬；道謝，致謝；敬禮；禮品

例 礼(れい)を欠(か)く。

譯 欠缺禮貌。

---

10 | れいぎ【礼儀】

(名) 禮儀，禮節，禮法，禮貌

例 礼儀(れいぎ)正(ただ)しい青年(せいねん)だ。

譯 有禮的青年。

---

11 | わび【詫び】

(名) 賠不是，道歉，表示歉意

例 丁寧(ていねい)なお詫(わ)びの言葉(ことば)を頂(いただ)きました。

譯 得到畢恭畢敬的賠禮。

パート 30

思考、言語

- 思考、語言 -

30-1 思考／思考

N3 29-7

01 あいかわらず【相変わらず】

副 照舊，仍舊，和往常一樣

例 相変わらずお元気ですね。

譯 您還是那麼精神百倍啊！

02 アイディア【idea】

名 主意，想法，構想；(哲)觀念

例 アイディアを考える。

譯 想點子。

03 あんがい【案外】

副·形動 意想不到，出乎意外

例 案外やさしかった。

譯 出乎意料的簡單。

04 いがい【意外】

名·形動 意外，想不到，出乎意料

例 意外に簡単だ。

譯 意外的簡單。

05 おもいえがく【思い描く】

他五 在心裡描繪，想像

例 将来の生活を思い描く。

譯 在心裡描繪未來的生活。

06 おもいつく【思い付く】

自他五 (忽然)想起，想起來

例 いいことを思いついた。

譯 我想到了一個好點子。

07 かのう【可能】

名·形動 可能

例 可能な範囲でお願いします。

譯 在可能的範圍內請多幫忙。

08 | **かわる【変わる】**

(自五) 變化；與眾不同；改變時間地點，遷居，調任

例 考えが変わる。

譯 改變想法。

09 | **かんがえ【考え】**

(名) 思想，想法，意見；念頭，觀念，信念；考慮，思考；期待，願望；決心

例 考えが甘い。

譯 想法天真。

10 | **かんそう【感想】**

(名) 感想

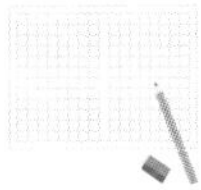

例 感想を聞く。

譯 聽取感想。

11 | **ごかい【誤解】**

(名・他サ) 誤解，誤會

例 誤解を招く。

譯 導致誤會。

12 | **そうぞう【想像】**

(名・他サ) 想像

例 想像もつきません。

譯 真叫人無法想像。

13 | **つい**

(副) (表時間與距離)相隔不遠，就在眼前；不知不覺，無意中；不由得，不禁

例 つい傘を間違えた。

譯 不小心拿錯了傘。

14 | **ていあん【提案】**

(名・他サ) 提案，建議

例 提案を受ける。

譯 接受建議。

15 | **ねらい【狙い】**

(名) 目標，目的；瞄準，對準

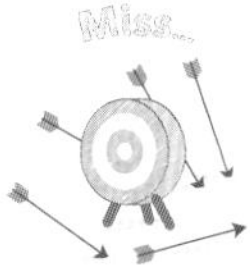

例 狙いを外す。

譯 錯過目標。

16 | のぞむ【望む】

(他五) 遠望，眺望；指望，希望；仰慕，景仰

例 成功(せいこう)を望(のぞ)む。

譯 期望成功。

17 | まし（な）

(形動) (比)好些，勝過；像樣

例 ないよりましだ。

譯 有勝於無。

18 | まよう【迷う】

(自五) 迷，迷失；困惑；迷戀；(佛)執迷；(古)(毛線、線繩等)絮亂，錯亂

例 道(みち)に迷(まよ)う。

譯 迷路。

19 | もしかしたら

(連語·副) 或許，萬一，可能，說不定

例 もしかしたら優勝(ゆうしょう)するかも。

譯 也許會獲勝也說不定。

20 | もしかして

(連語·副) 或許，可能

例 もしかして伊藤(いとう)さんですか。

譯 您該不會是伊藤先生吧？

21 | もしかすると

(副) 也許，或，可能

例 もしかすると、受(う)かるかもしれない。

譯 說不定會考上。

22 | よそう【予想】

(名·自サ) 預料，預測，預計

例 予想(よそう)が当(あ)たった。

譯 預料命中。

30-2 判断／判斷

N3 ◎20-2

01 あてる【当てる】

(他下一) 碰撞，接觸；命中；猜，預測；貼上，放上；測量；對著，朝向

例 年(とし)を当(あ)てる。

譯 猜中年齡。

02 おもいきり【思い切り】

(名·副) 斷念，死心；果斷，下決心；狠狠地，盡情地，徹底的

例 思(おも)い切(き)り遊(あそ)びたい。

譯 想盡情地玩。

03 おもわず【思わず】

(副) 禁不住，不由得，意想不到地，下意識地

例 思(おも)わず殴(なぐ)る。

譯 不由自主地揍了下去。

04 かくす【隠す】

(他五) 藏起來，隱瞞，掩蓋

例 帽子(ぼうし)で顔(かお)を隠(かく)す。

譯 用帽子蓋住頭。

05 かくにん【確認】

(名·他サ) 證實，確認，判明

例 確認(かくにん)を取(と)る。

譯 加以確認。

06 かくれる【隠れる】

(自下一) 躲藏，隱藏；隱遁；不為人知，潛在的

例 親(おや)に隠(かく)れてたばこを吸(す)っていた。

譯 以前瞞著父母偷偷抽菸。

07 かもしれない

(連語) 也許，也未可知

例 あなたの言(い)う通(とお)りかもしれない。

譯 或許如你說的。

08 | **きっと**

(副) 一定，必定；（神色等）嚴厲地，嚴肅地

例 明日はきっと晴れるでしょう。

譯 明日一定會放晴。

09 | **ことわる**
【断る】

(他五) 謝絕；預先通知，事前請示

例 結婚を申し込んだが断られた。

譯 向他求婚，卻遭到了拒絕。

10 | **さくじょ**
【削除】

(名・他サ) 刪掉，刪除，勾消，抹掉

例 名前を削除する。

譯 刪除姓名。

11 | **さんせい**
【賛成】

(名・自サ) 贊成，同意

例 提案に賛成する。

譯 贊成這項提案。

12 | **しゅだん**
【手段】

(名) 手段，方法，辦法

例 手段を選ばない。

譯 不擇手段。

13 | **しょうりゃく**
【省略】

(名・副・他サ) 省略，從略

例 説明を省略する。

譯 省略說明。

14 | **たしか**
【確か】

(副)（過去的事不太記得）大概，也許

例 確か言ったことがある。

譯 好像曾經有說過。

15 | **たしかめる**
【確かめる】

(他下一) 查明，確認，弄清

例 気持ちを確かめる。

譯 確認心意。

16 | たてる【立てる】

(他下一) 立起；訂立

例 旅行の計画を立てる。

譯 訂定旅遊計畫。

17 | たのみ【頼み】

(名) 懇求，請求，拜託；信賴，依靠

例 頼みがある。

譯 有事想拜託你。

18 | チェック【check】

(名·他サ) 確認，檢查；核對，打勾；格子花紋；支票；號碼牌

例 メールをチェックする。

譯 檢查郵件。

19 | ちがい【違い】

(名) 不同，差別，區別；差錯，錯誤

例 違いが出る。

譯 出現差異。

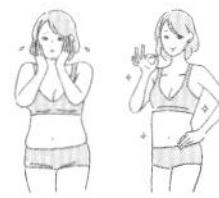

20 | ちょうさ【調査】

(名·他サ) 調査

例 調査が行われる。

譯 展開調查。

21 | つける【付ける・附ける・着ける】

(他下一·接尾) 掛上，裝上；穿上，配戴；評定，決定；寫上，記上；定（價），出（價）；養成；分配，派；安裝；注意；抹上，塗上

例 値段をつける。

譯 定價。

22 | てきとう【適当】

(名·形動·自サ) 適當；適度；隨便

例 送別会に適当な店を探す。

譯 尋找適合舉辦歡送會的店家。

23 | できる

(自上一) 完成；能夠

例 1週間でできる。

譯 一星期內完成。

24 | てってい
【徹底】

(名·自サ) 徹底；傳遍，普遍，落實

例 徹底(てってい)した調査(ちょうさ)を行(おこな)う。

譯 進行徹底的調查。

25 | とうぜん
【当然】

(形動·副) 當然，理所當然

例 夫(おっと)は家族(かぞく)を養(やしな)うのが当然(とうぜん)だ。

譯 老公養家餬口是理所當然的事。

26 | ぬるい
【温い】

(形) 微溫，不冷不熱，不夠熱

例 考(かんが)え方(かた)が温(ぬる)い。

譯 思慮不夠周密。

27 | のこす
【残す】

(他五) 留下，剩下；存留；遺留；（相撲頂住對方的進攻）開腳站穩

例 メモを残(のこ)す。

譯 留下紙條。

28 | はんたい
【反対】

(名·自サ) 相反；反對

例 意見(いけん)に反対(はんたい)する。

譯 對意見給予反對。

29 | ふかのう（な）
【不可能（な）】

(形動) 不可能的，做不到的

例 彼(かれ)に勝(か)つことは不可能(ふかのう)だ。

譯 不可能贏過他的。

30-3 理解／理解

N3 30-3

01 | かいけつ
【解決】

(名·自他サ) 解決，處理

例 問題(もんだい)が解決(かいけつ)する。

譯 問題得到解決。

02 | かいしゃく【解釈】

(名·他サ) 解釋，理解，說明

例 正(ただ)しく解釈(かいしゃく)する。

譯 正確的解釋。

03 | かなり

(副·形動·名) 相當，頗

例 かなり疲(つか)れる。

譯 相當疲憊。

04 | さいこう【最高】

(名·形動) (高度、位置、程度)最高，至高無上；頂，極，最

例 最高(さいこう)に面白(おもしろ)い映画(えいが)だ。

譯 最有趣的電影。

05 | さいてい【最低】

(名·形動) 最低，最差，最壞

例 君(きみ)は最低(さいてい)の男(おとこ)だ。

譯 你真是個差勁無比的男人。

06 | そのうえ【その上】

(接續) 又，而且，加之，兼之

例 質(しつ)がいい、その上(うえ)値段(ねだん)も安(やす)い。

譯 不只品質佳，而且價錢便宜。

07 | そのうち【その内】

(副·連語) 最近，過幾天，不久；其中

例 兄(あに)はその内(うち)帰(かえ)ってくるから、暫(しばら)く待(ま)ってください。

譯 我哥哥就快要回來了，請稍等一下。

08 | それぞれ

(副) 每個(人)，分別，各自

例 それぞれの問題(もんだい)が違(ちが)う。

譯 每個人的問題不同。

09 | だいたい【大体】

(副) 大部分；大致；大概

例 この曲(きょく)はだいたい弾(ひ)けるようになった。

譯 大致會彈這首曲子了。

10 | だいぶ【大分】

(名·形動) 很，頗，相當，相當地，非常

例 だいぶ日が長くなった。

譯 白天變得比較長了。

11 | ちゅうもく【注目】

(名·他サ·自サ) 注目，注視

例 人に注目される。

譯 引人注目。

12 | ついに【遂に】

(副) 終於；竟然；直到最後

例 遂に現れた。

譯 終於出現了。

13 | とく【特】

(漢造) 特，特別，與眾不同

例 すばらしい特等席へどうぞ。

譯 請上坐最棒的頭等座。

14 | とくちょう【特徴】

(名) 特徵，特點

例 特徴のある顔をしている。

譯 長著一副別具特色的臉。

15 | なっとく【納得】

(名·他サ) 理解，領會；同意，信服

例 納得がいく。

譯 信服。

16 | ひじょう【非常】

(名·形動) 非常，很，特別；緊急，緊迫

例 社員の提案を非常に重視する。

譯 非常重視社員的提案。

17 | べつ【別】

(名·形動·漢造) 分別，區分；分別

例 別の方法を考える。

譯 想別的方法。

30 - 思考、語言 -

18 | べつべつ【別々】

(形動) 各自，分別

例 別々(べつべつ)に研究(けんきゅう)する。

譯 分別研究。

19 | まとまる【纏まる】

(自五) 解決，商訂，完成，談妥；湊齊，湊在一起；集中起來，概括起來，有條理

例 意見(いけん)がまとまる。

譯 意見一致。

20 | まとめる【纏める】

(他下一) 解決，結束；總結，概括；匯集，收集；整理，收拾

例 意見(いけん)をまとめる。

譯 整理意見。

21 | やはり・やっぱり

(副) 果然；還是，仍然

例 やっぱり思(おも)ったとおりだ。

譯 果然跟我想的一樣。

22 | りかい【理解】

(名・他サ) 理解，領會，明白；體諒，諒解

例 彼女(かのじょ)の考(かんが)えは理解(りかい)しがたい。

譯 我無法理解她的想法。

23 | わかれる【分かれる】

(自下一) 分裂；分離，分開；區分，劃分；區別

例 意見(いけん)が分(わ)かれる。

譯 意見產生分歧。

24 | わける【分ける】

(他下一) 分，分開；區分，劃分；分配，分給；分開，排開，擠開

例 等分(とうぶん)に分(わ)ける。

譯 均分。

30-4 知識／知識

N3 30-4

01 | あたりまえ【当たり前】

(名) 當然，應然；平常，普通

例 借金を返すのは当たり前だ。

譯 借錢就要還。

02 | うる【得る】

(他下二) 得到；領悟

例 得るところが多い。

譯 獲益良多。

03 | える【得る】

(他下一) 得，得到；領悟，理解；能夠

例 知識を得る。

譯 獲得知識。

04 | かん【観】

(名·漢造) 觀感，印象，樣子；觀看；觀點

例 人生観が変わる。

譯 改變人生觀。

05 | くふう【工夫】

(名·自サ) 設法

例 やりやすいように工夫する。

譯 設法讓工作更有效率。

06 | くわしい【詳しい】

(形) 詳細；精通，熟悉

例 事情に詳しい。

譯 深知詳情。

07 | けっか【結果】

(名·自他サ) 結果，結局

例 結果から見る。

譯 從結果上來看。

08 | せいかく【正確】

(名·形動) 正確，準確

例 正確(せいかく)に記録(きろく)する。

譯 正確記錄下來。

09 | ぜったい【絶対】

(名·副) 絕對，無與倫比；堅絕，斷然，一定

例 絶対(ぜったい)に面白(おもしろ)いよ。

譯 一定很有趣喔。

10 | ちしき【知識】

(名) 知識

例 知識(ちしき)を得(え)る。

譯 獲得知識。

11 | てき【的】

(接尾·形動) (前接名詞)關於，對於；表示狀態或性質

例 一般的(いっぱんてき)な例(れい)を挙(あ)げる。

譯 舉一般性的例子。

12 | できごと【出来事】

(名) (偶發的)事件，變故

例 不思議(ふしぎ)な出来事(できごと)に遭(あ)う。

譯 遇到不可思議的事情。

13 | とおり【通り】

(接尾) 種類；套，組

例 やり方(かた)は３通(とお)りある。

譯 作法有３種方法。

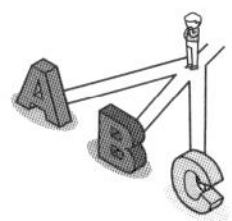

14 | とく【解く】

(他五) 解開；拆開(衣服)；消除，解除(禁令、條約等)；解答

例 謎(なぞ)を解(と)く。

譯 解開謎題。

15 | とくい【得意】

(名·形動) (店家的)主顧；得意，滿意；自滿，得意洋洋；拿手

例 得意先(とくいさき)を回(まわ)る。

譯 拜訪老主顧。

16 | とける【解ける】

(自下一) 解開，鬆開(綁著的東西)；消，解消(怒氣等)；解除(職責、契約等)；解開(疑問等)

例 問題(もんだい)が解(と)けた。

譯 問題解決了。

17 | ないよう【内容】

(名) 內容

例 手紙(てがみ)の内容(ないよう)を知(し)っている。

譯 知道信的內容。

18 | にせる【似せる】

(他下一) 模仿，仿效；偽造

例 本物(ほんもの)に似(に)せる。

譯 與真物非常相似。

19 | はっけん【発見】

(名・他サ) 發現

例 新(あたら)しい星(ほし)を発見(はっけん)した。

譯 發現新的行星。

20 | はつめい【発明】

(名・他サ) 發明

例 機械(きかい)を発明(はつめい)した。

譯 發明機器。

21 | ふかめる【深める】

(他下一) 加深，加強

例 知識(ちしき)を深(ふか)める。

譯 增進知識。

22 | ほうほう【方法】

(名) 方法，辦法

例 方法(ほうほう)を考(かんが)え出(だ)す。

譯 想出辦法。

23 | まちがい【間違い】

(名) 錯誤，過錯；不確實

例 間違(まちが)いを直(なお)す。

譯 改正錯誤。

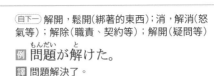

24 | まちがう
【間違う】

(他五·自五) 做錯，搞錯；錯誤

例 計算(けいさん)を間違(まちが)う。

譯 算錯了。

25 | まちがえる
【間違える】

(他下一) 錯；弄錯

例 人(ひと)の傘(かさ)と間違(まちが)える。

譯 跟別人的傘弄錯了。

26 | まったく
【全く】

(副) 完全，全然；實在，簡直；(後接否定)絕對，完全

例 まったく違(ちが)う。

譯 全然不同。

27 | ミス
【miss】

(名·自サ) 失敗，錯誤，差錯

例 仕事(しごと)でミスを犯(おか)す。

譯 工作上犯了錯。

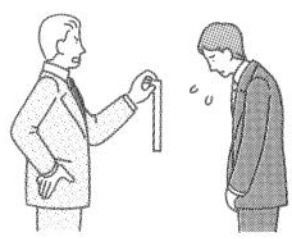

28 | りょく
【力】

(漢造) 力量

例 実力(じつりょく)がある。

譯 有實力。

30-5 言語／語言

N3 30-5

01 | ぎょう
【行】

(名·漢造) (字的)行；(佛)修行；行書

例 行(ぎょう)をかえる。

譯 另起一行。

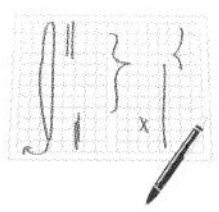

02 | く
【句】

(名) 字，字句；俳句

例 俳句(はいく)の季語(きご)を春(はる)に換(か)える。

譯 俳句的季語換成春。

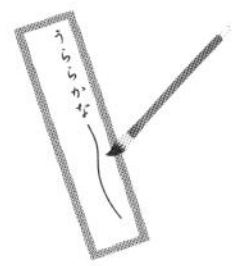

03 | ごがく【語学】

㊔ 外語的學習，外語，外語課

例 語学(ごがく)が得意(とくい)だ。

譯 在語言方面頗具長才。

04 | こくご【国語】

㊔ 一國的語言；本國語言；(學校的)國語(課)，語文(課)

例 国語(こくご)の教師(きょうし)になる。

譯 成為國文老師。

05 | しめい【氏名】

㊔ 姓與名，姓名

例 解答用紙(かいとうようし)の右上(みぎうえ)に氏名(しめい)を書(か)く。

譯 在答案用紙的右上角寫上姓名。

06 | ずいひつ【随筆】

㊔ 隨筆，小品文，散文，雜文

例 随筆(ずいひつ)を書(か)く。

譯 寫散文。

07 | どう【同】

㊔ 同樣，同等；(和上面的)相同

例 国同士(くにどうし)の関係(かんけい)が深(ふか)まる。

譯 加深國與國之間的關係。

08 | ひょうご【標語】

㊔ 標語

例 交通安全(こうつうあんぜん)の標語(ひょうご)を考(かんが)える。

譯 正在思索交通安全的標語。

09 | ふ【不】

(接頭·漢造) 不；壞；醜；笨

例 不注意(ふちゅうい)でけがをした。

譯 因為不小心而受傷。

10 | ふごう【符号】

㊔ 符號，記號；(數)符號

例 数学(すうがく)の符号(ふごう)を使(つか)う。

譯 使用數學符號。

11 | **ぶんたい**
【文体】

(名)(某時代特有的)文體；(某作家特有的)風格

例 漱石(そうせき)の文体(ぶんたい)をまねる。

譯 模仿夏目漱石的文章風格。

12 | **へん**
【偏】

(名·漢造) 漢字的(左)偏旁；偏，偏頗

例 辞典(じてん)で衣偏(ころもへん)を見(み)る。

譯 看辭典的衣部(部首)。

13 | **めい**
【名】

(名·接頭) 知名…

例 この映画(えいが)は名作(めいさく)だ。

譯 這電影是一部傑出的名作。

14 | **やくす**
【訳す】

(他五) 翻譯；解釋

例 英語(えいご)を日本語(にほんご)に訳(やく)す。

譯 英譯日。

15 | **よみ**
【読み】

(名) 唸，讀；訓讀；判斷，盤算

例 正(ただ)しい読(よ)み方(かた)は別(べつ)にある。

譯 有別的正確念法。

16 | **ローマじ**
【Roma 字】

(名) 羅馬字

例 ローマ字(じ)で入力(にゅうりょく)する。

譯 用羅馬字輸入。

30-6 表現(1)／表達(1)

N3 ◉30-6(1)

01 | **あいず**
【合図】

(名·自サ) 信號，暗號

例 合図(あいず)を送(おく)る。

譯 遞出信號。

02｜アドバイス【advice】

(名·他サ) 勸告，提意見；建議

例 アドバイスをする。

譯 提出建議。

03｜あらわす【表す】

(他五) 表現出，表達；象徵，代表

例 言葉(ことば)で表(あらわ)せない。

譯 無法言喻。

04｜あらわれる【表れる】

(自下一) 出現，出來；表現，顯出

例 不満(ふまん)が顔(かお)に表(あらわ)れている。

譯 臉上露出不服氣的神情。

05｜あらわれる【現れる】

(自下一) 出現，呈現，顯露

例 彼(かれ)の能力(のうりょく)が現(あらわ)れる。

譯 他顯露出才華。

06｜あれっ・あれ

(感) 哎呀

例 あれ、どうしたの。

譯 哎呀，怎麼了呢？

07｜いえ

(感) 不，不是

例 いえ、違(ちが)います。

譯 不，不是那樣。

08｜いってきます【行ってきます】

(寒暄) 我出門了

例 挨拶(あいさつ)に行(い)ってきます。

譯 去打聲招呼。

09｜いや

(感) 不；沒什麼

例 いや、それは違(ちが)う。

譯 不，不是那樣的。

10 うわさ【噂】

(名·自サ) 議論，閒談；傳說，風聲

例 噂を立てる。

譯 散布謠言。

11 おい

(感) (主要是男性對同輩或晚輩使用)打招呼的喂，唉；(表示輕微的驚訝)呀！啊！

例 おい、大丈夫か。

譯 喂！你還好吧。

12 おかえり【お帰り】

(寒暄) (你)回來了

例 もう、お帰りですか。

譯 您要回去了啊？

13 おかえりなさい【お帰りなさい】

(寒暄) 回來了

例 「ただいま」「お帰りなさい」

譯 「我回來了。」「你回來啦。」

14 おかけください

(敬) 請坐

例 どうぞ、おかけください。

譯 請坐下。

15 おかまいなく【お構いなく】

(敬) 不管，不在乎，不介意

例 どうぞ、お構いなく。

譯 請不必客氣。

16 おげんきですか【お元気ですか】

(寒暄) 你好嗎？

例 ご両親はお元気ですか。

譯 請問令尊與令堂安好嗎？

17 おさきに【お先に】

(敬) 先離開了，先告辭了

例 お先に、失礼します。

譯 我先告辭了。

18 | おしゃべり【お喋り】

(名・自サ・形動) 閒談，聊天；愛說話的人，健談的人

例 おしゃべりに夢中になる。

譯 熱中於閒聊。

19 | おじゃまします【お邪魔します】

(敬) 打擾了

例 「いらっしゃいませ」「お邪魔します」

譯 「歡迎光臨。」「打擾了。」

20 | おせわになりました【お世話になりました】

(敬) 受您照顧了

例 いろいろと、お世話になりました。

譯 感謝您多方的關照。

21 | おまちください【お待ちください】

(敬) 請等一下

例 少々、お待ちください。

譯 請等一下。

22 | おまちどおさま【お待ちどおさま】

(敬) 久等了

例 お待ちどおさま、こちらへどうぞ。

譯 久等了，這邊請。

23 | おめでとう

(寒暄) 恭喜

例 大学合格、おめでとう。

譯 恭喜你考上大學。

24 | おやすみ【お休み】

(寒暄) 休息；晚安

例 「お休み」「お休みなさい」

譯 「晚安！」「晚安！」

25 | おやすみなさい【お休みなさい】

(寒暄) 晚安

例 もう寝るよ。お休みなさい。

譯 我要睡了，晚安。

26 | おん【御】

(接頭) 表示敬意

例 御礼(おんれい)申(もう)し上(あ)げます。

譯 致以深深的謝意。

27 | けいご【敬語】

(名) 敬語

例 敬語(けいご)を使(つか)う。

譯 使用敬語。

28 | ごえんりょなく【ご遠慮なく】

(敬) 請不用客氣

例 どうぞ、ご遠慮(えんりょ)なく。

譯 請不用客氣。

29 | ごめんください

(名·形動·副) (道歉、叩門時)對不起，有人在嗎？

例 ごめんください、おじゃまします。

譯 對不起，打擾了。

30 | じつは【実は】

(副) 說真的，老實說，事實是，說實在的

例 実(じつ)は私(わたし)がやったのです。

譯 老實說是我做的。

30-6 表現(2)／表達(2)

N3 30-6(2)

01 | しつれいします【失礼します】

(感) (道歉)對不起；(先行離開)先走一步；(進門)不好意思打擾了；(職場用語 - 掛電話時)不好意思先掛了；(入座)謝謝

例 お先(さき)に失礼(しつれい)します。

譯 我先失陪了。

02 | じょうだん【冗談】

(名) 戲言，笑話，詼諧，玩笑

例 冗談(じょうだん)を言(い)うな。

譯 不要亂開玩笑。

03 | **すなわち【即ち】**

(接續) 即，換言之；即是，正是；則，彼時；乃，於是

例 1ポンド、すなわち100ペンスで買（か）った。

譯 以一磅也就是100英鎊購買。

04 | **すまない**

(連語) 對不起，抱歉；(做寒暄語)對不起

例 すまないと言（い）ってくれた。

譯 向我道了歉。

05 | **すみません【済みません】**

(連語) 抱歉，不好意思

例 お待（ま）たせしてすみません。

譯 讓您久等，真是抱歉。

06 | **ぜひ【是非】**

(名·副) 務必；好與壞

例 是非（ぜひ）お電話（でんわ）ください。

譯 請一定打電話給我。

07 | **そこで**

(接續) 因此，所以；(轉換話題時)那麼，下面，於是

例 そこで、私（わたし）は意見（いけん）を言（い）った。

譯 於是，我說出了我的看法。

08 | **それで**

(接) 因此；後來

例 それで、いつ終（お）わるの。

譯 那麼，什麼時候結束呢？

09 | **それとも**

(接續) 或著，還是

例 コーヒーにしますか、それとも紅茶（こうちゃ）にしますか。

譯 您要咖啡還是紅茶？

10 | **ただいま**

(名·副) 現在；馬上；剛才；(招呼語)我回來了

例 ただいま帰（かえ）りました。

譯 我回來了。

11 | つたえる【伝える】

(他下一) 傳達，轉告；傳導

例 部下（ぶか）に伝（つた）える。

譯 轉告給下屬。

12 | つまり

(名·副) 阻塞，困窘；到頭，盡頭；總之，說到底；也就是說，即…

例 つまり、こういうことです。

譯 也就是說，是這個意思。

13 | で

(接續) 那麼；（表示原因）所以

例 台風（たいふう）で学校（がっこう）が休（やす）みだ。

譯 因為颱風所以學校放假。

14 | でんごん【伝言】

(名·自他サ) 傳話，口信；帶口信

例 伝言（でんごん）がある。

譯 有留言。

15 | どんなに

(副) 怎樣，多麼，如何；無論如何…也

例 どんなにがんばっても、うまくいかない。

譯 不管你再怎麼努力，事情還是不能順利發展。

16 | なぜなら（ば）【何故なら（ば）】

(接續) 因為，原因是

例 もういや、なぜなら彼（かれ）はひどい。

譯 我投降了，因為他太惡劣了。

17 | なにか【何か】

(連語·副) 什麼；總覺得

例 何（なに）か飲（の）みたい。

譯 想喝點什麼。

18 | バイバイ【bye-bye】

(寒暄) 再見，拜拜

例 バイバイ、またね。

譯 掰掰，再見。

19 | ひょうろん【評論】

(名·他サ) 評論，批評

例 雑誌に映画の評論を書く。

譯 為雜誌撰寫影評。

---

20 | べつに【別に】

(副) (後接否定)不特別

例 別に忙しくない。

譯 不特別忙。

---

21 | ほうこく【報告】

(名·他サ) 報告，匯報，告知

例 事件を報告する。

譯 報告案件。

---

22 | まねる【真似る】

(他下一) 模效，仿效

例 上司の口ぶりを真似る。

譯 仿效上司的說話口吻。

---

23 | まるで

(副) (後接否定)簡直，全部，完全；好像，宛如，恰如

例 まるで夢のようだ。

譯 宛如作夢一般。

---

24 | メッセージ【message】

(名) 電報，消息，口信；致詞，祝詞；(美國總統)咨文

例 祝賀のメッセージを送る。

譯 寄送賀詞。

---

25 | よいしょ

(感) (搬重物等吆喝聲)嘿咻

例 「よいしょ」と立ち上がる。

譯 一聲「嘿咻」就站了起來。

---

26 | ろん【論】

(名·漢造·接尾) 論，議論

例 その論の立て方はおかしい。

譯 那一立論方法很奇怪。

27 | ろんじる・ろんずる【論じる・論ずる】

(他上一) 論，論述，闡述

例 事(こと)の是非(ぜひ)を論(ろん)じる。

譯 論述事情的是與非。

30-7 文書、出版物／文章文書、出版物

N3 30-7

01 | エッセー・エッセイ【essay】

(名) 小品文，隨筆；（隨筆式的）短論文

例 エッセーを読(よ)む。

譯 閱讀小品文。

02 | かん【刊】

(漢造) 刊，出版

例 朝刊(ちょうかん)と夕刊(ゆうかん)を取(と)る。

譯 訂早報跟晚報。

03 | かん【巻】

(名·漢造) 卷，書冊；（書畫的）手卷；卷曲

例 上(じょう)、中(ちゅう)、下(げ)、全(ぜん)３巻(かん)ある。

譯 有上中下共３冊。

04 | ごう【号】

(名·漢造) （雜誌刊物等）期號；（學者等）別名

例 雑誌(ざっし)の１月号(がつごう)を買(か)う。

譯 買一月號的雜誌。

05 | し【紙】

(漢造) 報紙的簡稱；紙；文件，刊物

例 表紙(ひょうし)を作(つく)る。

譯 製作封面。

06 | しゅう【集】

(名·漢造) （詩歌等的）集；聚集

例 作品(さくひん)を全集(ぜんしゅう)にまとめる。

譯 把作品編輯成全集。

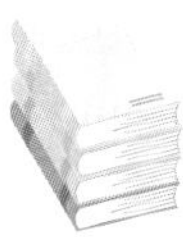

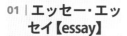

07 | じょう
【状】

(名·漢造) (文)書面，信件；情形，狀況

例 推薦状(すいせんじょう)のおかげで就職(しゅうしょく)が決(き)まった。

譯 承蒙推薦信找到工作了。

08 | しょうせつ
【小説】

(名) 小說

例 恋愛小説(れんあいしょうせつ)を読(よ)むのが好(す)きです。

譯 我喜歡看言情小說。

09 | しょもつ
【書物】

(名) (文)書，書籍，圖書

例 書物(しょもつ)を読(よ)む。

譯 閱讀書籍。

10 | しょるい
【書類】

(名) 文書，公文，文件

例 書類(しょるい)を送(おく)る。

譯 寄送文件。

11 | だい
【題】

(名·自サ·漢造) 題目，標題；問題；題辭

例 作品(さくひん)に題(だい)をつける。

譯 給作品題上名。

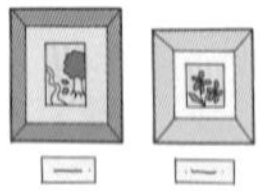

12 | タイトル
【title】

(名) (文章的)題目，(著述的)標題；稱號，職稱

例 タイトルを決(き)める。

譯 決定名稱。

13 | だいめい
【題名】

(名) (圖書、詩文、戲劇、電影等的)標題，題名

例 題名(だいめい)をつける。

譯 題名。

14 | ちょう
【帳】

(漢造) 帳幕；帳本

例 銀行(ぎんこう)の預(よ)金通帳(きんつうちょう)と印鑑(いんかん)を盗(ぬす)まれた。

譯 銀行存摺及印章被偷了。

15 | **データ**
【data】

㊔ 論據，論證的事實；材料，資料；數據

例 データを集(あつ)める。

譯 收集情報。

30

- 思考、語言 -

16 | **テーマ**
【theme】

㊔（作品的）中心思想，主題；（論文、演說的）題目，課題

例 研究(けんきゅう)のテーマを考(かんが)える。

譯 思考研究題目。

17 | **としょ**
【図書】

㊔ 圖書

例 読(よ)みたい図書(としょ)が見(み)つかった。

譯 找到想看的書。

18 | **パンフレット**
【pamphlet】

㊔ 小冊子

例 詳(くわ)しいパンフレットをダウンロードできる。

譯 可以下載詳細的小冊子。

19 | **びら**

㊔（宣傳、廣告用的）傳單

例 ビラをまく。

譯 發傳單。

20 | **へん**
【編】

（名·漢造）編，編輯；（詩的）卷

例 前編(ぜんぺん)と後編(こうへん)に分(わ)ける。

譯 分為前篇跟後篇。

21 | **めくる**
【捲る】

（他五）翻，翻開；揭開，掀開

例 雑誌(ざっし)をめくる。

譯 翻閱雜誌。

あ

あい【愛】238
あいかわらず【相変わらず】246
あいず【合図】261
アイスクリーム【ice cream】025
あいて【相手】073
アイディア【idea】246
アイロン【iron】181
あう【合う】149
あきる【飽きる】230
あくしゅ【握手】044
アクション【action】144
あける【明ける】006
あける【空ける】099
あげる【揚げる】030
あご【顎】042
あさ【麻】087
あさい【浅い】152
あしくび【足首】044
あずかる【預かる】219
あずける【預ける】219
あたえる【与える】235
あたたまる【暖まる】020
あたたまる【温まる】040
あたためる【暖める】040
あたためる【温める】030
あたり【辺り】100
あたりまえ【当たり前】256
あたる【当たる】092
あっというまに【あっという間(に)】006
アップ【up】152
あつまり【集まり】112
あてな【宛名】126
あてる【当てる】249
アドバイス【advice】262
あな【穴】098
アナウンサー【announcer】196
アナウンス【announce】129
アニメ【animation】138
あぶら【油】025
あぶら【脂】024
アマチュア【amateur】063
あら【粗】238
あらそう【争う】133
あらわす【表す】262
あらわす【現す】062
あらわれる【表れる】262
あらわれる【現れる】262
アルバム【album】181
あれっ・あれ 262
あわせる【合わせる】073
あわてる【慌てる】069
あんがい【案外】246
アンケート【(法) enquête】128

い

い【位】159
いえ 262
いがい【意外】246
いかり【怒り】242
いき・ゆき【行き】116
いご【以後】013
イコール【equal】150
いし【医師】196
いじょうきしょう【異常気象】092
いじわる【意地悪】069
いぜん【以前】013
いそぎ【急ぎ】006
いたずら【悪戯】069
いためる【傷める・痛める】058
いちどに【一度に】152
いちれつ【一列】160
いっさくじつ【一昨日】009
いっさくねん【一昨年】009
いっしょう【一生】052
いったい【一体】078
いってきます【行ってきます】262
いつのまにか【何時の間にか】230
いとこ【従兄弟・従姉妹】078
いのち【命】052
いま【居間】020
イメージ【image】067
いもうとさん【妹さん】064
いや 262
いらいら【苛々】069
いりょうひ【衣料費】213
いりょうひ【医療費】214
いわう【祝う】174
インク【ink】181
いんしょう【印象】230
インスタント【instant】025
インターネット【internet】126
インタビュー【interview】129
いんりょく【引力】092

う

ウイルス【virus】058
ウール【wool】088
ウェーター・ウェイター【waiter】197
ウェートレス・ウェイトレス【waitress】197
うごかす【動かす】040
うし【牛】082
うっかり 069
うつす【移す】018
うつす【写す】170
うつる【映る】042
うつる【移る】006
うつる【写る】186
うどん【饂飩】025
うま【馬】082
うまい 024
うまる【埋まる】094
うむ【生む】230
うむ【産む】052
うめる【埋める】044
うらやましい【羨ましい】230
うる【得る】256
うわさ【噂】263
うんちん【運賃】214
うんてんし【運転士】197
うんてんしゅ【運転手】197

え

エアコン【air conditioning 之略】181
えいきょう【影響】230
えいよう【栄養】054
えがく【描く】142
えきいん【駅員】197
エスエフ(SF)【science fiction 之略】144
エッセー・エッセイ【essay】269
エネルギー【(德) energie】087
えり【襟】034
える【得る】256
えん【園】111
えんか【演歌】143
えんげき【演劇】144
エンジニア【engineer】197
えんそう【演奏】143

お

おい 263
おい【老い】053
おいこす【追い越す】160
おうえん【応援】133
おおく【多く】152
オーバー(コート)【overcoat】034
オープン【open】112
おかえり【お帰り】263
おかえりなさい【お帰りなさい】263
おかけください 263
おかしい【可笑しい】055
おかまいなく【お構いなく】263
おきる【起きる】054
おく【奥】152
おくれ【遅れ】006
おげんきですか【お元気ですか】263
おこす【起こす】054
おこる【起こる】226
おごる【奢る】214
おさえる【押さえる】044
おさきに【お先に】263
おさめる【納める】214
おしえ【教え】166
おじぎ【お辞儀】069
おしゃべり【お喋り】264
おじゃまします【お邪魔します】264
おしゃれ【お洒落】068
おせわになりました【お世話になりました】264
おそわる【教わる】166
おたがい【お互い】073
おたまじゃくし【お玉杓子】176
おでこ 042
おとなしい【大人しい】069
オフィス【office】192
オペラ【opera】144
おまごさん【お孫さん】064
おまちください【お待ちください】264
おまちどおさま【お待ちどおさま】264
おめでとう 264
おめにかかる【お目に掛かる】192
おもい【思い】230
おもいえがく【思い描く】246
おもいきり【思い切り】249

おもいつく【思い付く】 246
おもいで【思い出】 231
おもいやる【思いやる】 231
おもわず【思わず】 249
おやすみ【お休み】 264
おやすみなさい【お休みなさい】 264
おやゆび【親指】 044
オリンピック【Olympics】 132
オレンジ【orange】 026
おろす【下ろす・降ろす】 116
おん【御】 265
おんがくか【音楽家】 197
おんど【温度】 092

か

か【化】 144
か【日】 010
か【科】 166
か【家】 064
か【歌】 143
か【課】 170
か【下】 104
カード【card】 181
カーペット【carpet】 182
かい【会】 113
かい【会】 142
かいけつ【解決】 252
かいごし【介護士】 197
かいさつぐち【改札口】 119
かいしゃいん【会社員】 198
かいしゃく【解釈】 253
かいすうけん【回数券】 210
かいそく【快速】 119
かいちゅうでんとう【懐中電灯】 187
かう【飼う】 082
かえる【代える・換える・替える】 210
かえる【返る】 211
がか【画家】 198
かがく【化学】 166
かがくはんのう【化学反応】 086
かかと【踵】 045
かかる 058
かきとめ【書留】 126
かきとり【書き取り】 170
かく【掻く】 045
かく【各】 148
かぐ【家具】 182
かぐ【嗅ぐ】 042
かくえきていしゃ【各駅停車】 119
かくす【隠す】 249
かくにん【確認】 249
がくひ【学費】 214
がくれき【学歴】 168
かくれる【隠れる】 249
かげき【歌劇】 145
かけざん【掛け算】 150
かける【掛ける】 040
かこむ【囲む】 100
かさねる【重ねる】 152
かざり【飾り】 020
かし【貸し】 212
かしちん【貸し賃】 212
かしゅ【歌手】 198
かしょ【箇所】 104
かず【数】 148
がすりょうきん【ガス料金】 214
カセット【cassette】 187
かぞえる【数える】 150
かた【肩】 040
かた【型】 161
かたい【固い・硬い・堅い】 070
かだい【課題】 170
かたづく【片付く】 192
かたづけ【片付け】 203
かたづける【片付ける】 203
かたみち【片道】 116
かち【勝ち】 133
かっこういい【格好いい】 068
カップル【couple】 073
かつやく【活躍】 133
かていか【家庭科】 166
かでんせいひん【家電製品】 182
かなしみ【悲しみ】 241
かなづち【金槌】 182
かなり 253
かね【金】 219
かのう【可能】 246
かび 094
かまう【構う】 231
がまん【我慢】 235
がまんづよい【我慢強い】 235
かみのけ【髪の毛】 042
ガム【（英）gum】 026
カメラマン【cameraman】 198
がめん【画面】 187
かもしれない 249
かゆ【粥】 026
かゆい【痒い】 055
カラー【color】 161
かり【借り】 212
かるた【carta・歌留多】 138
かわ【皮】 026
かわかす【乾かす】 203
かわく【乾く】 094
かわく【渇く】 056
かわる【代わる】 122
かわる【換わる】 170
かわる【替わる】 087
かわる【変わる】 247
かん【刊】 269
かん【缶】 176
かん【間】 015
かん【感】 231
かん【館】 110
かん【巻】 269
かん【観】 256
かんがえ【考え】 247
かんきょう【環境】 100
かんこう【観光】 138
かんごし【看護師】 198
かんしゃ【感謝】 243
かんじる・かんずる【感じる・感ずる】 231
かんしん【感心】 231
かんせい【完成】 206
かんぜん【完全】 133
かんそう【感想】 247
かんづめ【缶詰】 176
かんどう【感動】 231

き

き【期】 015
き【機】 182
キーボード【keyboard】 187
きがえ【着替え】 036
きがえる・きかえる【着替える】 036
きかん【期間】 015
きく【効く】 021
きげん【期限】 015
きこく【帰国】 100
きじ【記事】 129
きしゃ【記者】 198
きすう【奇数】 148
きせい【帰省】 174
きたく【帰宅】 018
きちんと 070
キッチン【kitchen】 021
きっと 250
きぼう【希望】 235
きほん【基本】 166
きほんてき（な）【基本的（な）】 166
きまり【決まり】 226
きゃくしつじょうむいん【客室乗務員】 198
きゅうけい【休憩】 192
きゅうこう【急行】 120
きゅうじつ【休日】 010
きゅうりょう【丘陵】 098
きゅうりょう【給料】 212
ぎょう【行】 259
きょう【教】 167
ぎょう【業】 198
きょういん【教員】 199
きょうかしょ【教科書】 167
きょうし【教師】 199
きょうちょう【強調】 235
きょうつう【共通】 073
きょうりょく【協力】 073
きょく【曲】 143
きょり【距離】 152
きらす【切らす】 153
ぎりぎり 006
きれる【切れる】 088
きろく【記録】 132
きん【金】 133
きんえん【禁煙】 226
ぎんこういん【銀行員】 199
きんし【禁止】 226
きんじょ【近所】 100
きんちょう【緊張】 231

く

く【句】 259
クイズ【quiz】 138
くう【空】 099
クーラー【cooler】 182
くさい【臭い】 060
くさる【腐る】 026
くし【櫛】 176
くじ【籤】 138
くすりだい【薬代】 214
くすりゆび【薬指】 045
くせ【癖】 235
くだり【下り】 104
くだる【下る】 104
くちびる【唇】 042
ぐっすり 056
くび【首】 042
くふう【工夫】 256
くやくしょ【区役所】 110
くやしい【悔しい】 232
クラシック【classic】 143

くらす【暮らす】018
クラスメート【classmate】170
くりかえす【繰り返す】160
クリスマス【christmas】174
グループ【group】064
くるしい【苦しい】241
くれ【暮れ】092
くろ【黒】161
くわしい【詳しい】256

け

け【家】078
けい【計】150
けいい【敬意】070
けいえい【経営】199
けいご【敬語】265
けいこうとう【蛍光灯】187
けいさつかん【警察官】199
けいさつしょ【警察署】110
けいさん【計算】150
げいじゅつ【芸術】142
けいたい【携帯】187
けいやく【契約】210
けいゆ【経由】116
ゲーム【game】138
げきじょう【劇場】111
げじゅん【下旬】010
けしょう【化粧】068
けた【桁】148
けち 070
ケチャップ【ketchup】026
けつえき【血液】060
けっか【結果】256
けっせき【欠席】171
げつまつ【月末】010
けむり【煙】087
ける【蹴る】134
けん・げん【軒】018
けんこう【健康】054
けんさ【検査】056
げんだい【現代】013
けんちくか【建築家】199
けんちょう【県庁】222
（じどう）けんばいき【（自動）券売機】112

こ

こ【小】153
こ【湖】098
こい【濃い】153
こいびと【恋人】064
こう【校】168
こう【高】153
こう【港】098
ごう【号】269
こういん【行員】199
こうか【効果】167
こうかい【後悔】243
ごうかく【合格】168
こうかん【交換】192
こうくうびん【航空便】126
こうこく【広告】128
こうさいひ【交際費】214
こうじ【工事】206
こうつうひ【交通費】215
こうねつひ【光熱費】215
こうはい【後輩】064
こうはん【後半】006
こうふく【幸福】232
こうふん【興奮】240
こうみん【公民】167
こうみんかん【公民館】110
こうれい【高齢】053
こうれいしゃ【高齢者】064
こえる【越える・超える】153
ごえんりょなく【ご遠慮なく】265
コース【course】101
こおり【氷】086
ごかい【誤解】247
ごがく【語学】260
こきょう【故郷】098
こく【国】222
こくご【国語】260
こくさいてき【国際的】222
こくせき【国籍】222
こくばん【黒板】176
こし【腰】040
こしょう【胡椒】026
こじん【個人】064
こぜに【小銭】219
こづつみ【小包】126
コットン【cotton】088
ごと 153
ごと【毎】153
ことわる【断る】250
コピー【copy】187
こぼす【溢す】030
こぼれる【零れる】060
コミュニケーション【communication】073
ゴム【（荷）gom】176
こむ【込む・混む】120
コメディー【comedy】145
ごめんください 265
こゆび【小指】045
ころす【殺す】226
こんご【今後】013
こんざつ【混雑】120
コンビニ（エンスストア）【convenience store】112

さ

さい【祭】171
さい【最】153
ざいがく【在学】171
さいこう【最高】253
さいてい【最低】253
さいほう【裁縫】204
さか【坂】098
さがる【下がる】212
さく【昨】010
さくじつ【昨日】010
さくじょ【削除】250
さくねん【昨年】010
さくひん【作品】142
さくら【桜】084
さけ【酒】026
さけぶ【叫ぶ】240
さける【避ける】235
さげる【下げる】024
ささる【刺さる】176
さす【刺す】236
さす【指す】182
さそう【誘う】060
さっか【作家】199
さっきょくか【作曲家】200
さまざま【様々】154
さます【冷ます】058
さます【覚ます】056
さめる【冷める】024
さめる【覚める】056
さら【皿】185
サラリーマン【salariedman】200
さわぎ【騒ぎ】242
さん【山】098
さん【産】206
さんかく【三角】161
さんか【参加】236
ざんぎょう【残業】192
さんすう【算数】167
さんせい【賛成】250
サンプル【sample】206

し

し【紙】269
し【詩】142
じ【寺】111
しあわせ【幸せ】232
シーズン【season】015
CD ドライブ【CD drive】186
ジーンズ【jeans】034
じえいぎょう【自営業】200
ジェットき【jet 機】120
しかく【四角】162
しかく【資格】167
じかんめ【時間目】171
じけん【事件】226
しげん【資源】087
しご【死後】053
じご【事後】013
ししゃごにゅう【四捨五入】150
ししゅつ【支出】212
しじん【詩人】065
じしん【自信】192
しぜん【自然】099
じぜん【事前】013
した【舌】043
したしい【親しい】074
しつ【質】088
じつ【日】010
しつぎょう【失業】193
しっけ【湿気】092
じっこう【実行】236
じっと 236
しつど【湿度】092
じつは【実は】265
じつりょく【実力】193
しつれいします【失礼します】265
じどう【自動】210
しばらく 007
じばん【地盤】099
しぼう【死亡】053
しま【縞】162
しまがら【縞柄】162
しまもよう【縞模様】162
じまん【自慢】236
じみ【地味】162
しめい【氏名】260
しめきり【締め切り】015
しゃ【車】116
しゃ【社】113
しゃ【者】065
しやくしょ【市役所】110
ジャケット【jacket】034

しゃしょう【車掌】 200
ジャズ【jazz】 143
しゃっくり 056
しゃもじ【杓文字】 177
しゅ【手】 065
しゅ【酒】 027
しゅう【州】 101
じゅう【重】 193
しゅう【週】 011
しゅう【集】 269
しゅうきょう【宗教】 232
じゅうきょひ【住居費】 215
しゅうしょく【就職】 193
ジュース【juice】 027
じゅうたい【渋滞】 116
じゅうたん【絨毯】 182
しゅうまつ【週末】 011
じゅうよう【重要】 193
しゅうり【修理】 177
しゅうりだい【修理代】 215
じゅぎょうりょう【授業料】 215
しゅじゅつ【手術】 058
しゅじん【主人】 065
しゅだん【手段】 250
しゅつじょう【出場】 142
しゅっしん【出身】 101
しゅるい【種類】 154
じゅんさ【巡査】 200
じゅんばん【順番】 160
しょ【所】 101
しょ【初】 154
しょ【諸】 101
じょ【女】 065
じょ【助】 212
しょう【省】 222
しょう【商】 206
しょう【勝】 134
じょう【場】 110
じょう【状】 270
じょう【畳】 018
しょうがくせい【小学生】 169
じょうぎ【定規】 183
しょうきょくてき【消極的】 070
しょうきん【賞金】 220
じょうけん【条件】 226
しょうご【正午】 007
じょうし【上司】 193
しょうじき【正直】 070
じょうじゅん【上旬】 011
しょうじょ【少女】 062
しょうじょう【症状】 058
しょうすう【小数】 150
しょうすう【少数】 154
しようすうてん【小数点】 150
しょうせつ【小説】 270
じょうたい【状態】 058
じょうだん【冗談】 265
しょうとつ【衝突】 116
しょうねん【少年】 062
しょうばい【商売】 112
しょうひ【消費】 132
しょうひん【商品】 210
じょうほう【情報】 129
しょうぼうしょ【消防署】 110
しょうめい【証明】 226
しょうめん【正面】 104
しょうりゃく【省略】 250
しようりょう【使用料】 215
しょく【色】 162
しょくご【食後】 024
しょくじだい【食事代】 215
しょくぜん【食前】 024
しょくにん【職人】 065
しょくひ【食費】 215
しょくりょう【食料】 027
しょくりょう【食糧】 027
しょっきだな【食器棚】 183
ショック【shock】 242
しょもつ【書物】 270
じょゆう【女優】 200
しょるい【書類】 270
しらせ【知らせ】 128
しり【尻】 040
しりあい【知り合い】 065
シルク【silk】 088
しるし【印】 104
しろ【白】 162
しん【新】 169
しんがく【進学】 169
しんがくりつ【進学率】 169
しんかんせん【新幹線】 120
しんごう【信号】 117
しんしつ【寝室】 021
しんじる・しんずる【信じる・信ずる】 236
しんせい【申請】 236
しんせん【新鮮】 027
しんちょう【身長】 054
しんぽ【進歩】 206
しんや【深夜】 007

す

す【酢】 027
すいてき【水滴】 094
すいとう【水筒】 185
すいどうだい【水道代】 216
すいどうりょうきん【水道料金】 216
すいはんき【炊飯器】 183
ずいひつ【随筆】 260
すうじ【数字】 148
スープ【soup】 027
スカーフ【scarf】 036
スキー【ski】 132
すぎる【過ぎる】 013
すくなくとも【少なくとも】 154
すごい【凄い】 232
すこしも【少しも】 154
すごす【過ごす】 018
すすむ【進む】 104
すすめる【進める】 105
すすめる【薦める】 236
すすめる【勧める】 237
すそ【裾】 034
スター【star】 065
ずっと 007
すっぱい【酸っぱい】 024
ストーリー【story】 145
ストッキング【stocking】 036
ストライプ【strip】 162
ストレス【stress】 241
すなわち【即ち】 266
スニーカー【sneakers】 036
スピード【speed】 117
ずひょう【図表】 163
スポーツせんしゅ【sports 選手】 200
スポーツちゅうけい【スポーツ中継】 130
すます【済ます】 193
すませる【済ませる】 193
すまない 266
すみません【済みません】 266
すれちがう【擦れ違う】 074

せ

せい【性】 052
せいかく【正確】 257
せいかく【性格】 070
せいかつひ【生活費】 216
せいき【世紀】 007
ぜいきん【税金】 216
せいけつ【清潔】 018
せいこう【成功】 194
せいさん【生産】 206
せいさん【清算】 212
せいじか【政治家】 201
せいしつ【性質】 070
せいじん【成人】 062
せいすう【整数】 148
せいぜん【生前】 053
せいちょう【成長】 054
せいねんがっぴ【生年月日】 052
せいねん【青年】 062
せいのう【性能】 177
せいひん【製品】 177
せいふく【制服】 034
せいぶつ【生物】 082
せいり【整理】 204
せき【席】 183
せきにん【責任】 194
せけん【世間】 101
せっきょくてき【積極的】 071
ぜったい【絶対】 257
セット【set】 210
せつやく【節約】 220
せともの【瀬戸物】 183
ぜひ【是非】 266
せわ【世話】 054
せん【戦】 224
ぜん【全】 154
ぜん【前】 014
せんきょ【選挙】 222
せんざい【洗剤】 177
せんじつ【先日】 011
ぜんじつ【前日】 011
せんたくき【洗濯機】 183
センチ【centimeter】 154
せんでん【宣伝】 128
ぜんはん【前半】 007
せんぷうき【扇風機】 183
せんめんじょ【洗面所】 021

そ

そう【総】 155
そうじき【掃除機】 183
ソース【sauce】 027
そうぞう【想像】 247
そうちょう【早朝】 007
ぞうり【草履】 036
そうりょう【送料】 216
そく【足】 155
そくたつ【速達】 126
そくど【速度】 117
そこ【底】 099
そこで 266
そだつ【育つ】 055
ソックス【socks】 036

そっくり……068
そっと……071
そで【袖】……034
そのうえ【その上】……253
そのうち【その内】……253
そば【蕎麦】……084
ソファー【sofa】……184
そぼく【素朴】……232
それぞれ……253
それで……266
それとも……266
そろう【揃う】……155
そろえる【揃える】……155
そんけい【尊敬】……232

た

たい【対】……134
だい【代】……078
だい【第】……160
だい【題】……270
たいがく【退学】……169
だいがくいん【大学院】……169
だいく【大工】……201
たいくつ【退屈】……233
たいじゅう【体重】……055
たいしょく【退職】……194
だいたい【大体】……253
たいど【態度】……071
タイトル【title】……270
ダイニング【dining】……021
だいひょう【代表】……194
タイプ【type】……035
だいぶ【大分】……254
だいめい【題名】……270
ダイヤ【diamond・diagram 之略】……117
ダイヤモンド【diamond】……086
たいよう【太陽】……093
たいりょく【体力】……056
ダウン【down】……059
たえず【絶えず】……094
たおす【倒す】……224
タオル【towel】……177
たがい【互い】……074
たかまる【高まる】……240
たかめる【高める】……117
たく【炊く】……030
だく【抱く】……045
タクシーだい【taxi 代】……216
タクシーりょうきん【taxi 料金】……216
たくはいびん【宅配便】……126
たける【炊ける】……030
たしか【確か】……250
たしかめる【確かめる】……250
たしざん【足し算】……151
たすかる【助かる】……243
たすける【助ける】……074
ただいま……266
たたく【叩く】……045
ただ……213
たたむ【畳む】……204
たつ【建つ】……206
たつ【発つ】……117
たつ【経つ】……007
たてなが【縦長】……155
たてる【立てる】……251
たてる【建てる】……207
たな【棚】……021
たのしみ【楽しみ】……240
たのみ【頼み】……251
たま【球】……134
だます【騙す】……237
たまる【溜まる】……241
だまる【黙る】……043
ためる【溜める】……220
たん【短】……155
だん【団】……066
だん【弾】……224
たんきだいがく【短期大学】……169
ダンサー【dancer】……201
たんじょう【誕生】……052
たんす……184
だんたい【団体】……066

ち

チーズ【cheese】……028
チーム【team】……132
チェック【check】……251
ちか【地下】……101
ちがい【違い】……251
ちかづく【近づく】……105
ちかづける【近付ける】……074
ちかみち【近道】……117
ちきゅう【地球】……093
ちく【地区】……101
チケット【ticket】……113
チケットだい【ticket 代】……217
ちこく【遅刻】……008
ちしき【知識】……257
ちぢめる【縮める】……155
チップ【chip】……028
ちほう【地方】……099
ちゃ【茶】……028
チャイム【chime】……171
ちゃいろい【茶色い】……163
ちゃく【着】……160
ちゅうがく【中学】……170
ちゅうかなべ【中華なべ】……177
ちゅうこうねん【中高年】……062
ちゅうじゅん【中旬】……011
ちゅうしん【中心】……102
ちゅうねん【中年】……062
ちゅうもく【注目】……254
ちゅうもん【注文】……113
ちょうかん【朝刊】……130
ちょう【兆】……148
ちょう【町】……222
ちょう【長】……066
ちょう【帳】……270
ちょう【庁】……223
ちょうさ【調査】……251
ちょうし【調子】……056
ちょうじょ【長女】……078
ちょうせん【挑戦】……237
ちょうなん【長男】……078
ちょうりし【調理師】……201
チョーク【chalk】……184
ちょきん【貯金】……220
ちょくご【直後】……014
ちょくせつ【直接】……074
ちょくぜん【直前】……014
ちらす【散らす】……094
ちりょうだい【治療代】……217
ちりょう【治療】……059
ちる【散る】……095

つ

つい……247
ついに【遂に】……254
つう【通】……071
つうきん【通勤】……194
つうじる・つうずる【通じる・通ずる】……127
つうやく【通訳】……201
つかまる【捕まる】……227
つかむ【掴む】……045
つかれ【疲れ】……057
つき【付き】……156
つきあう【付き合う】……074
つきあたり【突き当たり】……105
つぎつぎ・つぎつぎに・つぎつぎと【次々・次々に・次々と】……160
つく【付く】……156
つける【付ける・附ける・着ける】……251
つける【点ける】……187
つたえる【伝える】……267
つづき【続き】……156
つづく【続く】……156
つづける【続ける】……237
つつむ【包む】……045
つながる【繋がる】……127
つなぐ【繋ぐ】……046
つなげる【繋げる】……120
つぶす【潰す】……114
つまさき【爪先】……046
つまり……267
つまる【詰まる】……021
つむ【積む】……122
つめ【爪】……046
つめる【詰める】……204
つもる【積もる】……095
つゆ【梅雨】……093
つよまる【強まる】……095
つよめる【強める】……030

て

で……267
であう【出会う】……075
てい【低】……030
ていあん【提案】……247
ティーシャツ【T-shirt】……035
DVD デッキ【DVD tape deck】……186
DVD ドライブ【DVD drive】……186
ていきけん【定期券】……117
ていき【定期】……015
ディスプレイ【display】……188
ていでん【停電】……188
ていりゅうじょ【停留所】……118
データ【data】……271
デート【date】……074
テープ【tape】……188
テーマ【theme】……271
てき【的】……257
できごと【出来事】……257
てきとう【適当】……251
できる……251
てくび【手首】……046
デザート【dessert】……028
デザイナー【designer】……201
デザイン【design】……142
デジカメ【digital camera 之略】……188
デジタル【digital】……188
てすうりょう【手数料】……217
てちょう【手帳】……184

てっこう【鉄鋼】 088
てってい【徹底】 252
てつや【徹夜】 008
てのこう【手の甲】 046
てのひら【手の平・掌】 046
テレビばんぐみ【television 番組】 130
てん【点】 105
でんきスタンド【電気 stand】 188
でんきだい【電気代】 217
でんきゅう【電球】 188
でんきりょうきん【電気料金】 217
でんごん【伝言】 267
でんしゃだい【電車代】 217
でんしゃちん【電車賃】 217
てんじょう【天井】 021
でんしレンジ【電子 range】 184
てんすう【点数】 171
でんたく【電卓】 151
でんち【電池】 177
テント【tent】 178
でんわだい【電話代】 217

と

ど【度】 149
とう【等】 156
とう【頭】 082
どう【同】 260
とうさん【倒産】 114
どうしても 237
どうじに【同時に】 008
とうぜん【当然】 252
どうちょう【道庁】 223
とうよう【東洋】 102
どうろ【道路】 122
トースター【toaster】 184
とおす【通す】 037
とおり【通り】 122
とおり【通り】 257
とおりこす【通り越す】 118
とおる【通る】 118
とかす【溶かす】 086
どきどき 057
ドキュメンタリー【documentary】 130
とく【特】 254
とく【得】 213
とく【溶く】 095
とく【解く】 257
とくい【得意】 257
どくしょ【読書】 167
どくしん【独身】 066
とくちょう【特徴】 254
とくべつきゅうこう【特別急行】 120
とける【溶ける】 095
とける【解ける】 258
どこか 100
ところどころ【所々】 102
とし【都市】 102
としうえ【年上】 063
としょ【図書】 271
とじょう【途上】 105
としより【年寄り】 063
とじる【閉じる】 019
とちょう【都庁】 223
とっきゅう【特急】 118
とつぜん【突然】 008
トップ【top】 160
とどく【届く】 127
とどける【届ける】 171
どの【殿】 066
とばす【飛ばす】 118
とぶ【跳ぶ】 132
ドライブ【drive】 118
ドライヤー【dryer・drier】 184
トラック【track】 134
ドラマ【drama】 138
トランプ【trump】 138
どりょく【努力】 071
トレーニング【training】 132
ドレッシング【dressing】 028
トン【ton】 156
どんなに 267
どんぶり【丼】 028

な

ない【内】 102
ないよう【内容】 258
なおす【治す】 059
なおす【直す】 046
なおす【直す】 237
なか【仲】 075
ながす【流す】 095
なかみ【中身】 156
なかゆび【中指】 047
ながれる【流れる】 095
なくなる【亡くなる】 053
なぐる【殴る】 047
なぜなら（ば）【何故なら（ば）】 267
なっとく【納得】 254
ななめ【斜め】 105
なにか【何か】 267
なべ【鍋】 178
なま【生】 028
なみだ【涙】 060
なやむ【悩む】 071
ならす【鳴らす】 047
なる【鳴る】 095
ナンバー【number】 149

に

にあう【似合う】 068
にえる【煮える】 031
にがて【苦手】 071
にぎる【握る】 047
にくらしい【憎らしい】 243
にせ【偽】 227
にせる【似せる】 258
にゅうこくかんりきょく【入国管理局】 111
にゅうじょうりょう【入場料】 218
にる【煮る】 031
にんき【人気】 239

ぬ

ぬう【縫う】 204
ぬく【抜く】 047
ぬける【抜ける】 057
ぬらす【濡らす】 047
ぬるい【温い】 252

ね

ねあがり【値上がり】 213
ねあげ【値上げ】 213
ネックレス【necklace】 037
ねっちゅう【熱中】 239
ねむる【眠る】 057
ねらい【狙い】 247
ねんし【年始】 011
ねんせい【年生】 171
ねんまつねんし【年末年始】 011

の

のうか【農家】 201
のうぎょう【農業】 207
のうど【濃度】 157
のうりょく【能力】 071
のこぎり【鋸】 178
のこす【残す】 252
のせる【載せる】 128
のせる【乗せる】 118
のぞむ【望む】 248
のち【後】 014
ノック【knock】 019
のばす【伸ばす】 047
のびる【伸びる】 055
のぼり【上り】 120
のぼる【上る】 105
のぼる【昇る】 093
のりかえ【乗り換え】 121
のりこし【乗り越し】 121
のんびり 233

は

バーゲンセール【bargain sale】 113
パーセント【percent】 149
パート【part time 之略】 201
ハードディスク【hard disk】 188
パートナー【partner】 075
はい【灰】 086
ばい【倍】 157
はいいろ【灰色】 163
バイオリン【violin】 144
ハイキング【hiking】 139
バイク【bike】 122
ばいてん【売店】 113
バイバイ【bye-bye】 267
ハイヒール【high heel】 037
はいゆう【俳優】 202
パイロット【pilot】 202
はえる【生える】 084
ばか【馬鹿】 072
はく・ぱく【泊】 139
はくしゅ【拍手】 048
はくぶつかん【博物館】 111
はぐるま【歯車】 178
はげしい【激しい】 134
はさみ【鋏】 184
はし【端】 105
はじまり【始まり】 008
はじめ【始め】 008
はしら【柱】 022
はずす【外す】 048
バスだい【bus 代】 218
パスポート【passport】 223

バスりょうきん【bus 料金】 218
はずれる【外れる】 096
はた【旗】 178
はたけ【畑】 100
はたらき【働き】 194
はっきり 072
バッグ【bag】 037
はっけん【発見】 258
はったつ【発達】 057
はつめい【発明】 258
はで【派手】 068
はながら【花柄】 163
はなしあう【話し合う】 075
はなす【離す】 043
はなもよう【花模様】 163
はなれる【離れる】 102
はば【幅】 157
はみがき【歯磨き】 055
ばめん【場面】 145
はやす【生やす】 055
はやる【流行る】 128
バラエティー【variety】 139
はら【腹】 048
ばらばら（な） 048
バランス【balance】 041
はる【張る】 096
バレエ【ballet】 133
バン【van】 122
ばん【番】 113
はんい【範囲】 102
はんせい【反省】 243
はんたい【反対】 252
パンツ【pants】 035
はんにん【犯人】 227
パンプス【pumps】 035
パンフレット【pamphlet】 271

ひ

ひ【非】 243
ひ【費】 218
ピアニスト【pianist】 202
ヒーター【heater】 185
ビール【（荷）bier】 028
ひがい【被害】 096
ひきうける【引き受ける】 202
ひきざん【引き算】 151
ピクニック【picnic】 139
ひざ【膝】 048
ひじ【肘】 048
びじゅつ【美術】 143
ひじょう【非常】 254
びじん【美人】 068
ひたい【額】 043
ひっこし【引っ越し】 019
ぴったり 035
ヒット【hit】 210
ビデオ【video】 189
ひとさしゆび【人差し指】 048
ビニール【vinyl】 088
ひふ【皮膚】 041
ひみつ【秘密】 233
ひも【紐】 178
ひやす【冷やす】 031
びょう【秒】 149
ひょうご【標語】 260
びようし【美容師】 202
ひょうじょう【表情】 043
ひょうほん【標本】 084
ひょうめん【表面】 157
ひょうろん【評論】 268
びら 271
ひらく【開く】 084
ひろがる【広がる】 157
ひろげる【広げる】 157
ひろさ【広さ】 157
ひろまる【広まる】 102
ひろめる【広める】 103
びん【瓶】 186
ピンク【pink】 163
びんせん【便箋】 185
ファストフード【fast food】 029
ファスナー【fastener】 178
ファックス【fax】 189

ふ

ふ【不】 260
ぶ【部】 103
ぶ【無】 157
ふあん【不安】 242
ふうぞく【風俗】 103
ふうふ【夫婦】 078
ふかのう（な）【不可能（な）】 252
ふかまる【深まる】 093
ふかめる【深める】 258
ふきゅう【普及】 128
ふく【拭く】 204
ふく【副】 194
ふくむ【含む】 060
ふくめる【含める】 158
ふくろ・～ぶくろ【袋】 179
ふける【更ける】 008
ふこう【不幸】 233
ふごう【符号】 260
ふしぎ【不思議】 233
ふじゆう【不自由】 233
ふそく【不足】 158
ふた【蓋】 179
ぶたい【舞台】 145
ふたたび【再び】 161
ふたて【二手】 106
ふちゅうい（な）【不注意（な）】 237
ふちょう【府庁】 223
ぶつ【物】 179
ぶっか【物価】 213
ぶつける 122
ぶつり【物理】 167
ふなびん【船便】 127
ふまん【不満】 239
ふみきり【踏切】 121
ふもと【麓】 103
ふやす【増やす】 158
フライがえし【fry 返し】 179
フライトアテンダント【flight attendant】 202
プライバシー【privacy】 227
フライパン【frypan】 179
ブラインド【blind】 022
ブラウス【blouse】 035
プラス【plus】 149
プラスチック【plastic・plastics】 088
ブランド【brand】 211
プラットホーム【platform】 121
ぶり【振り】 008
ぶり【振り】 072
プリペイドカード【prepaid card】 211
プリンター【printer】 189
ふる【古】 014
ふる【振る】 048
フルーツ【fruits】 084
ブレーキ【brake】 118
プロ【professional 之略】 202
ふろ（ば）【風呂（場）】 022
ブログ【blog】 129
ふろや【風呂屋】 111
ぶん【分】 158
ぶんすう【分数】 151
ぶんたい【文体】 261
ぶんぼうぐ【文房具】 185

へ

へいき【平気】 233
へいきん【平均】 158
へいじつ【平日】 012
へいたい【兵隊】 224
へいわ【平和】 224
へそ【臍】 041
べつ【別】 254
べつに【別に】 268
べつべつ【別々】 255
ベテラン【veteran】 066
へやだい【部屋代】 218
へらす【減らす】 158
ベランダ【veranda】 020
へる【減る】 158
へる【経る】 009
ベルト【belt】 037
ヘルメット【helmet】 037
へん【偏】 261
へん【編】 271
へんか【変化】 057
ペンキ【（荷）pek】 179
へんこう【変更】 194
べんごし【弁護士】 202
ベンチ【bench】 179
べんとう【弁当】 029

ほ

ほ・ぽ【歩】 049
ほいくえん【保育園】 112
ほいくし【保育士】 203
ぼう【防】 059
ほうこく【報告】 268
ほうたい【包帯】 059
ほうちょう【包丁】 179
ほうほう【方法】 258
ほうもん【訪問】 114
ぼうりょく【暴力】 242
ほお【頬】 043
ボーナス【bonus】 213
ホーム【platform 之略】 121
ホームページ【homepage】 129
ホール【hall】 112
ボール【ball】 134
ほけんじょ【保健所】 111
ほけんたいいく【保健体育】 168
ほっと 233
ポップス【pops】 144
ほね【骨】 041
ホラー【horror】 145
ボランティア【volunteer】 066
ポリエステル【polyethylene】

089
ぼろぼろ 035
ほんじつ【本日】 012
ほんだい【本代】 218
ほんにん【本人】 066
ほんねん【本年】 012
ほんの 158

ま

まい【毎】 009
マイク【mike】 180
マイナス【minus】 149
マウス【mouse】 189
まえもって【前もって】 009
まかせる【任せる】 237
まく【巻く】 059
まくら【枕】 185
まけ【負け】 241
まげる【曲げる】 049
まご【孫】 078
まさか 234
まざる【交ざる】 207
まざる【混ざる】 207
まし（な） 248
まじる【混じる・交じる】 163
マスコミ【mass communication 之略】 130
マスター【master】 168
ますます【益々】 159
まぜる【混ぜる】 029
まちがい【間違い】 258
まちがう【間違う】 259
まちがえる【間違える】 259
まっくら【真っ暗】 093
まっくろ【真っ黒】 163
まつげ【まつ毛】 043
まっさお【真っ青】 164
まっしろ【真っ白】 164
まっしろい【真っ白い】 164
まったく【全く】 259
まつり【祭り】 174
まとまる【纏まる】 255
まとめる【纏める】 255
まどり【間取り】 022
マナー【manner】 025
まないた【まな板】 180
まにあう【間に合う】 121
まにあわせる【間に合わせる】 016
まねく【招く】 174
まねる【真似る】 268
まぶしい【眩しい】 093
まぶた【瞼】 043
マフラー【muffler】 037
まもる【守る】 238
まゆげ【眉毛】 044
まよう【迷う】 248
まよなか【真夜中】 009
マヨネーズ【mayonnaise】 029
まる【丸】 164
まるで 268
まわり【回り】 096
まわり【周り】 103
マンション【mansion】 019
まんぞく【満足】 234

み

みおくり【見送り】 075
みおくる【見送る】 075
みかける【見掛ける】 044
みかた【味方】 075
ミシン【sewingmachine 之略】 185
ミス【Miss】 063
ミス【miss】 259
みずたまもよう【水玉模様】 164
みそしる【味噌汁】 029
ミュージカル【musical】 145
ミュージシャン【musician】 203
みょう【明】 012
みょうごにち【明後日】 012
みょうじ【名字・苗字】 079
みらい【未来】 014
ミリ【（法）millimetre 之略】 159
みる【診る】 059
ミルク【milk】 029
みんかん【民間】 223
みんしゅ【民主】 223

む

むかい【向かい】 106
むかえ【迎え】 121
むき【向き】 106
むく【向く】 106
むく【剥く】 031
むける【向ける】 106
むける【剥ける】 041
むじ【無地】 164
むしあつい【蒸し暑い】 093
むす【蒸す】 031
むすう【無数】 159
むすこさん【息子さん】 067
むすぶ【結ぶ】 211
むだ【無駄】 234
むちゅう【夢中】 239
むね【胸】 041
むらさき【紫】 164

め

めい【名】 159
めい【名】 261
めい【姪】 079
めいし【名刺】 195
めいれい【命令】 195
めいわく【迷惑】 239
めうえ【目上】 063
めくる【捲る】 271
メッセージ【message】 268
メニュー【menu】 025
メモリー・メモリ【memory】 186
めん【綿】 089
めんきょ【免許】 119
めんせつ【面接】 195
めんどう【面倒】 239

も

もうしこむ【申し込む】 238
もうしわけない【申し訳ない】 243
もうふ【毛布】 022
もえる【燃える】 096
もくてきち【目的地】 106
もくてき【目的】 238
もしかしたら 248
もしかして 248
もしかすると 248
もち【持ち】 079
もったいない 234
もどり【戻り】 195
もむ【揉む】 041
もも【股・腿】 049
もやす【燃やす】 087
もん【問】 172
もんく【文句】 242

や

やかん【夜間】 009
やくす【訳す】 261
やくだつ【役立つ】 195
やくだてる【役立てる】 195
やくにたてる【役に立てる】 195
やちん【家賃】 218
やぬし【家主】 067
やね【屋根】 020
やはり・やっぱり 255
やぶる【破る】 020
やぶれる【破れる】 096
やめる【辞める】 195
やや 159
やりとり【やり取り】 127
やるき【やる気】 072

ゆ

ゆうかん【夕刊】 130
ゆうき【勇気】 238
ゆうしゅう【優秀】 072
ゆうじん【友人】 067
ゆうそう【郵送】 127
ゆうそうりょう【郵送料】 218
ゆうびん【郵便】 127
ゆうびんきょくいん【郵便局員】 203
ゆうり【有利】 196
ゆか【床】 022
ゆかい【愉快】 240
ゆずる【譲る】 238
ゆたか【豊か】 234
ゆでる【茹でる】 031
ゆのみ【湯飲み】 180
ゆめ【夢】 234
ゆらす【揺らす】 079
ゆるす【許す】 244
ゆれる【揺れる】 096

よ

よ【夜】 094
よい【良い】 234
よいしょ 268
よう【様】 072
ようじ【幼児】 067
ようび【曜日】 012
ようふくだい【洋服代】 219
よく【翌】 012

よくじつ【翌日】 012
よせる【寄せる】 129
よそう【予想】 248
よのなか【世の中】 103
よぼう【予防】 059
よみ【読み】 261
よる【寄る】 106
よろこび【喜び・慶び】 240
よわまる【弱まる】 057
よわめる【弱める】 022

ら

ら【等】 067
らい【来】 014
ライター【lighter】 180
ライト【light】 189
らく【楽】 234
らくだい【落第】 172
ラケット【racket】 135
ラッシュ【rush】 119
ラッシュアワー【rushhour】 119
ラベル【label】 180
ランチ【lunch】 025
らんぼう【乱暴】 072

り

リーダー【leader】 067
りか【理科】 168
りかい【理解】 255
りこん【離婚】 079
リサイクル【recycle】 086
リビング【living】 022
リボン【ribbon】 180
りゅうがく【留学】 168
りゅうこう【流行】 239
りょう【料】 219
りょう【領】 103
りょう【両】 106
りょうがえ【両替】 211
りょうがわ【両側】 107
りょうし【漁師】 203
りょく【力】 259

る

ルール【rule】 227
るすばん【留守番】 019

れ

れい【例】 196
れい【礼】 244
れいがい【例外】 196
れいぎ【礼儀】 244
レインコート【raincoat】 180
レシート【receipt】 211
れつ【列】 161
れっしゃ【列車】 121
レベル【level】 196
れんあい【恋愛】 239
れんぞく【連続】 161
レンタル【rental】 123
レンタルりょう【rental 料】 219

ろ

ろうじん【老人】 063
ローマじ【Roma 字】 261
ろくおん【録音】 189
ろくが【録画】 189
ロケット【rocket】 119
ロッカー【locker】 186
ロック【lock】 020
ロボット【robot】 180
ろん【論】 268
ろんじる・ろんずる【論じる・論ずる】 269

わ

わ【和】 019
わ【羽】 082
ワイン【wine】 029
わが【我が】 019
わがまま 072
わかもの【若者】 063
わかれ【別れ】 241
わかれる【分かれる】 255
わく【沸く】 031
わける【分ける】 255
わずか【僅か】 159
わび【詫び】 244
わらい【笑い】 240
わり【割り・割】 151
わりあい【割合】 151
わりあて【割り当て】 196
わりこむ【割り込む】 211
わりざん【割り算】 151
わる【割る】 031
わん【椀・碗】 181
わん【湾】 099

MEMO

Date / /

日檢智庫QR碼 38

絶對合格 日檢必考單字

情境分類 &一字一圖

N3

新制對應！

［25K+QR code 線上音檔］

發行人● 林德勝
作者● 吉松由美、田中陽子、西村惠子、千田晴夫、林勝田、山田社日檢題庫小組
出版發行● 山田社文化事業有限公司
臺北市大安區安和路一段112巷17號7樓
電話 02-2755-7622
傳真 02-2700-1887

郵政劃撥● 19867160號 大原文化事業有限公司
總經銷● 聯合發行股份有限公司
新北市新店區寶橋路235巷6弄6號2樓
電話 02-2917-8022
傳真 02-2915-6275

印刷● 上鎰數位科技印刷有限公司
法律顧問● 林長振法律事務所 林長振律師
初版● 2023年6月
書＋QR碼定價● 新台幣349元

ISBN 978-986-246-371-0

山田社

STS

山田社